착함이 아픔이 되지 않으려면

나를 깨닫는 72가지 질문

우 디

박영story

서문

나의 색을 찾는 여정

소확행으로 느끼는 행복

여러분만의 소소하고 확실한 행복은 무엇인가요? 먹방이 혼밥의 적적함을 달래주나요? 눈꺼풀보다 마음이 무거운 밤에는 ASMR이 자장가가 되어주기도 하겠군요. 유행병이 극성인 요즘에는 안전한 이불 안에서 넷플릭스를 켜는 사람이 많아졌고, 감정적 거리 좁히기를 격상시켜서 사랑하는 셀럽의 브이로그를 감상하거나 SNS를 통해 사람들과 소통하는 방법도 인기가 많아졌습니다. 그러고 보면 소확행이라는 행복행 티켓의 발행이 단순한 유행을 넘어서 우리의 마음과 일상에 유의미한 무언가로 자리 잡은 것 같다는 생각이 드는 요즘입니다. 그런데 저의 마음은 별안간 소확행에 대한 미묘한 거부감을 품기 시작했습니다. 물론 소소하고 확실한 행복 자체가 나쁘다는 느낌은 전혀 아니었습니다. 단지 삶이 자연스럽지가 않고, 버퍼링에 걸린 동영상처럼 어딘가 뚝뚝 끊기는 것만 같은 불편함이 느껴졌습니다. 이 불편함의 정체를 한참

동안 알 수 없었지만, 우연히 그 실마리를 발견할 수 있었습니다. 한번은 집으로 배달될 치킨의 소확행을 기다리고 있었는데, 갓 만든 치킨을 바라볼 때만 잠깐씩 기분이 좋아지는 자신을 보며 이런 생각이 들었습니다. '잠깐, 행복한 시간과 그렇지 않은 시간을 점점 나눠 놓고 사는 것 같은데?'

행복이라 믿고 싶은 것

육군 장교로 복무하던 시절에는 하루가 마치 다른 색감을 가진 두 가지 시간대로 나눠져 있는 것만 같은 느낌이 들었습니다. 한쪽 시간대는 매우 칙칙한 색이었습니다. 자신의 의지보다는 정해진 관례를 따라서 말과 행동을 짜내었고, 하기 싫은 일을 억지로 하며 버텨야만 했었죠. 반면 다른 한쪽의 시간대는 비교적 자유롭고 밝은 색의 느낌이었습니다. 주말이나 퇴근 후에 마음껏 소확행을 즐길 수 있었기에 보상을 받는 느낌이 들었습니다. 그래서 저는 항상 밝은 색의 시간대만을 기다렸습니다.

저는 두 시간대에 이름도 붙여줬습니다. 칙칙한 시간대의 이름은 '속박'으로 지었습니다. 그 시간 동안 저는 선택권을 잃어버린 노예가 된 것만 같은 느낌을 받았기 때문이었습니다. 반면 밝은 시간대의 이름은 '해방'으로 지었습니다. 어느 날은 해방이 정체성의 혼란을 호소하기 시작했습니다. '해방이라니, 넌 나한테서 행복을 느낀다고 말했었잖아. 만약 네가 속박되지 않아도 된다면 넌 어떻게 행복할 수 있는 건데?' 그러자 갑자기 머릿속이 복잡해지기 시작했습니다. '만약 고통스러운 시간에서 벗어날 수 있다는 기대를 품지 않아도 된다면, 난 어디서 행복을 찾아야 할까?'라는 생각이 들었던 것이었죠. 자신이 소확행을 진솔한 행복으로 여기기보다는 그저 고통스러운 시간에 대한 진통제로 이용해왔었다는 깨달음을 얻는 순간이었습니다.

자기 자신을 억누르는 고통

마음속에서 한바탕 소동이 지나간 뒤에는 자신에게 있어 진짜 행복이 무엇일지 깊이 고민하기 시작했습니다. 고통에서 해방되고 싶다는 필요에 의한 행복 말고, 처음부터 행복할 수 있는 방법이 궁금했거든요.

나름대로 내놓은 해답은 바로 '세상을 향해 자신의 진솔함을 표현하는 것'이었습니다. 지난 시간을 돌이켜봤을 때, 지금껏 괴로움을 느껴왔던 순간들은 솔직한 감정을 숨기거나 하고 싶지 않은 업무를 억지로 견뎌왔다는 공통점이 있었기 때문이었습니다. 과거의 저는 의사를 표현하는 방식이나 업무를 처리하는 방식이 항상 정해져 있었습니다. 자유로운 사고방식에 대해서 생각하기는 어려웠고, 항상 올바른 정답만을 따라가려 했습니다. 사람들과 마주하고 있으면 바람직한 인생이라는 타이틀을 지키고 싶은 마음이 불같이 번지고 일어나 내면에 사이렌을 켜는 경우도 무척 많았습니다. 그런 순간에는 자신의 입장을 자연스럽게 표현할 수 없었습니다. 그저 정서적인 생존을 위해서 타인이 원하는 표현을 재빨리 보여주려 했으니까요. 어쩌면 우리 사회에 우울이라는 마음의 병이 퍼지는 이유가 여기에 있을지도 모른다는 생각마저 들었습니다. 자신을 꽁꽁 숨기고, 원하지도 않는 표현을 억지로 짜내는 사람치고 깊은 희열을 느끼며 사는 사람은 없을 테니까요. 특히 이질적인 표현을 가장 많이 하도록 만들었던 것은 착한 사람이 되고 싶은 욕심이었습니다. 착한 사람으로서 살아간다면 인생의 모든 부분이 잘 풀릴 것이라고 믿고 살아왔지만 자기 자신을 억누르는 고통을 일으킬 수도 있다는 점을 인정할 수밖에 없었습니다.

자신을 표현하는 것이 필요한 시대

이제는 시대가 우리에게 변화를 요구하기 시작했습니다. 별안간 인플루언서, 퍼스널 브랜딩과 같은 키워드가 득세하더니 전문성과 개성, 재미로 무장한 사람들이 여러 SNS에 등장했고, 자신만의 콘텐츠를 알리기 시작했습니다. 사람들은 온라인 시장에서 콘텐츠로 이목을 끄는 것이 돈이 된다는 것을 알아채자마자 소비자에서 생산자로 변모하며 콘텐츠 경쟁에 뛰어들었습니다. 바야흐로 대항해시대를 방불케 하는 콘텐츠의 시대가 열린 것이었죠. 이와 같은 시대적 변화는 중요한 의미를 가집니다. 자신이 중요하게 생각하는 것을 표현함으로써 돈을 번다는 높은 문턱이 어느 정도는 낮아졌으니까요.

진솔한 표현이 돈을 벌어다 주는 상황은 미래에 제공될 서비스의 방향도 많이 바꿔놨습니다. 커다란 기업이 다수를 대상으로 제공하는 동일한 서비스보다, 개인이 개인에게 제공하는 맞춤식 서비스의 흐름이 점점 거세질 전망이죠. 상황이 이렇다면 누구나 자신이 가진 진솔함을 세상 밖으로 끄집어내는 연습을 해볼 필요가 있습니다. 나답게 행복한 삶을 위해서 그리고 다가오는 새로운 시대에서 생존하기 위해서 말이죠. 그러나 아직은 가치 있는 뭔가를 만들어 내서 호응을 얻으려는 사람들보다 자신이 너무 부족한 사람인 것 같다는 생각을 가진 채로 살아가는 사람들이 더 많습니다. 아니, 어쩌면 과거의 제가 그랬던 것처럼 삶을 견뎌내고 있는 걸지도 모르겠습니다.

원하지 않는 업무와 표현들에 파묻히다 보면 자신이 가진 진정성은 점점 옅어지고, 다른 사람들의 시선을 신경 쓰는 것에 에너지를 쉽게 낭비해버리기 십상입니다. 낮은 동기부여 때문에 해야만 하는 일을 미뤄버리는 일상이 지속되기도 쉽죠. 그때는 영혼이 시들어가는 것만 같은 고통이 일어나는 것은 물론이며 자신에 대한 믿음마저 쉽게 깨집니다. 기분이 좋지 않은 탓에 술과 맛있는 음식을 먹거나 넷플릭스, 유튜브, 음란물 시청처럼 의미 없이 잠깐 동안 즐거움을 주는 시간들은 더욱 유혹적으로 다가오게 됩니다. 그러나 의도적으로 기분을 잠시 어딘가에 맡겨 보려는 시도는 아무것도 변화시키지 못합니다. 여전히 잘하는 것도 없고, 딱히 좋아하는 것도 없는 자신을 마주하고 나면 지금 하는 일이나 더 잘해야 한다며 낙담에 빠져버리는 일이 지금도 곳곳에서 일어나고 있습니다. 즉 자신을 적절하게 표현하지 못하는 삶은 스스로를 별 도움이 되지 않는 부족한 존재처럼 바라보게 만들고, 벗어나기 힘든 무기력을 만들어냅니다. 하지만 자신이 부족하다는 생각은 착각일 확률이 높습니다. 잘하는 것이 없고, 좋아하는 것도 없다는 생각의 결정적인 원인은 그저 자신만의 진정성을 발견하지 못한 것에 있기 때문이니까요.

주변 상황들이 요구하는 표현만을 꺼내서 사용하다 보면 자신다운 표현은 꽁꽁 숨겨져서 스스로도 알아보기 힘든 곳에 방치되기 마련입니다. 그 시간이 너무 오래 지속됐다고 해서 '자신 없다'라는 말로 스스로를 단정하기에는 좀 아깝지 않나요? 우리는 주의를 기울이기만 하면 무기력을 떨쳐내고 재능과 의미를 발견할 수 있습니다. 그 후에는 어떤 방식으로 꺼내볼지 정해보면 되는 일이죠. 만약 여러분의 내면세계에서 물질세계로 꺼내 놓은 진솔함이 여러 사람들에게 도움까지 줄 수 있는 무언가라면 사람들은 여러분에게 돈을 주고서라도 그것을 얻으려 할 것입니다. 마음속에 잠재되어 있는 진솔함을 꺼내는 일이란 삶을 밝게 만들고, 모두에게 넉넉하고 확실한 행복을 안겨주는 좋은 일이란 뜻이죠. 어때요? 저와 함께 어두운 면을 걷어내고 자신의 진정성을 알아가 보지 않으실래요?

어른에게 보람을 줄 수 있는 것은

과열된 하루를 식혀줄

차가운 맥주뿐인 걸까라는

감상이 떠오를 때쯤

어떤 지혜로운 사람이 내게 이런 말을 했다.

“일이 일어나는 시작점은

자기 자신이어야 합니다.”

목차

들어가기에 앞서

이 책에서는 각 주제를 끝맺는 부분마다 의미심장한 질문들이 등장합니다. 질문들이 의미심장한 이유는 쉽게 답을 하기가 어렵기 때문입니다.

각 질문들은 책에서 소개되는 이론대로 자신을 바라보는 것이 아니라 독자 여러분께서 스스로 어떤 사람인지를 알 수 있도록 도와줄 것입니다. 관심이 가지 않는 질문들은 넘기셔도 좋지만, 생각해 볼 만한 가치가 있다고 생각되는 질문에 대해서는 나름대로의 답이 나올 때까지 시간을 들여 고민해 보시고 노트에 기록해 보시는 것을 권해드리고 싶습니다.

진지하게 써 내려간 답은 독자 여러분의 생각과 목표, 계획을 좀 더 명확하게 정리해 줄 것입니다.

사람들은 항상 자신에게
유리한 쪽으로 생각하려 했다.

옳음의 위치에 있고 싶어하고
옳음을 강요하고 싶어 하더라.

그러니

나를 사랑하는 이도 아니고
나를 걱정하도 이도 아니라

나의 길을 걷는 것이
옳다고 말하는 이의

충고를 들어야겠다.

1장

어두운 감정을 이기는 법

어두운 감정을 느끼는 것은 삶에서 절대 피할 수 없는 상황 중에 하나이다. 그래서인지 우리는 산을 오르면서 잠시 쉬어가는 것처럼 삶에서도 위로와 격려를 필요로 하곤 한다. 그러나 때로는 위로가 정답이 아니라는 사실과도 마주하곤 한다. 해가 지고 밤이 찾아오는 것처럼 마음에 어둠이 드리우는 시기도 반복적으로 찾아오기 때문이다. 어쩌면 진정으로 원해야 하는 것은 위로가 아니라 감정을 어둡게 만드는 사건에 적절히 대처하는 법이 아닐까 생각한다.

만약 마음을 어둡게 방치하는 시간이 너무 길어지면 무척 위험한 상황이 뒤따르게 된다. 자기 자신마저 이해하기 어려운 착각들이 일어나 그나마 가지고 있었던 희망마저 스스로 짓밟아 버릴 수도 있기 때문이다. 어두운 감정이 일어나기 전 징후는 반드시 일어나기 마련이지만 보통은 눈치채는 것이 어렵다. 그렇기 때문에 시간 들여서라도 자신의 마음을 돌아볼 수 있는 기회를 마련해야 한다. 그러면 조금씩 밝은 면을 응시할 수 있는 여유를 찾게 될 것이다.

나의 인생은 어떤 색인가요?

첫 번째 원칙은 절대 자신을 속이면 안 된다는 것이다.
그리고 가장 쉽게 속일 수 있는 사람도 자신이라는 점이다.

- 리처드 파인만

언젠가 한 교육 유튜버가 워라밸에 대해 언급하는 영상을 본 적이 있습니다. “work & life balance, 그럼 work는 life가 아니란 말이죠?”라는 예리한 말이 아직도 잊히지가 않습니다. 그의 말투에서는 워라밸이라는 단어 자체가 이상하다는 의문마저 느껴졌습니다. 영상 속의 주인공은 책 〈의미 있는 삶을 위하여〉의 저자 알렉스 룽구입니다.

솔직히 말하자면 그의 말을 듣고 나서 어딘가 찔린 것만 같은 느낌이 들었습니다. 아마도 하기 싫은 과제를 하면서 학교에 다니거나 하기 싫은 업무를 하며 직장을 다니는 시간들은 ‘산다’라기보다 ‘버틴다’라고 표현되는 쪽이 더 어울린다고 느꼈던 것 같습니다. 그만큼 의무적인 공부와 업무들은 제게 있어 신물이 나는 일이었습니다. 그런데 일과 삶을 분리하면서 살고 있지 않느냐는 질문을 듣게 되자 일이나 공부를 버텨야 하는 대상으로 바라봤던 자신에 대해 이런 의문을 가지게 되었습니다. '잠깐, 꼭 버티는 식으로 삶을 살 필요가 있는 건가?'

버티는 삶은 어둡다.

버티는 삶에 대해 고민하게 된 순간부터 하루의 흐름에 따라 자신의 감정이 어떻게 변하게 되는지를 관찰하기 시작했습니다. 저는 특정 시간마다 마음이 어두워진다는 점을 발견할 수 있었습니다. 마음은 출근을 하기 위해서 눈을 뜨는 오전 7시부터 빠르게 어두워졌습니다. 진정성을 느끼지 못하는 업무를 어떻게든 버티고 나면 마음은 더 이상 어두워지지 않았죠. 그래서였는지 퇴근을 하고 나면 어두워진 마음을 어떻게든 화사하게 만들려고 노력했습니다. 어두워진 마음을 그대로 방치해두면 다음 날은 버틸 수가 없을 것 같았거든요. 표현하자면 칙칙하게 어두워진 마음에 매번 알록달록한 색을 칠하려 했습니다. 게임을 하거나 맛있는 음식을 먹고, 어딘가 놀러 가는 방식으로 말이죠. 그런데 어느 순간부터 꺼림직한 느낌이 들었습니다. 알록달록함이라고 표현하기에는 어두운색의 흔적이 그대로 남아 있는 얼룩덜룩함이 보였기 때문입니다. 어떨 때는 즐거움을 느낄 수조차 없었습니다. 마치 어디론가 도망가는 것 같은 느낌을 받았고, 오히려 두려운 감정마저 품게 되는 것 같았습니다. 이상한 느낌을 받았던 저는 마음을 좀 더 자세히 들여다보기로 했습니다. 그런데 마음속에서 미세한 말소리가 들리는 것이 아니겠어요?!

'오늘 밤이 지나고 주말이 끝나면, 내일 또 괴롭게 출근을 해야 하는구나'

그때 머리가 띵해지면서 지금껏 행복에 대해 착각하며 살아왔다는 사실을 깨달았습니다. 그동안 행복을 붙잡으려 했던 이유는 자신이 진정으로 행복을 원했기 때문이 아니라 매일 마주하게 되는 고통들을 덮어버리기 위함이었다는 생각을 하게 된 것이었죠.

선택권을 되찾아 와야 한다.

지위를 떠나서 우리 사회에 행복하지 못한 사람이 왜 이렇게나 많은 걸까요? 이유는 셀 수 없이 많겠지만 많은 사람들에게 적용될 수 있는 이유를 하나만 살펴보자면 어두운 삶 위에 무작정 즐거운 일을 덧씌우려는 행위에 대해 이야기해 볼 수 있습니다. 어두운 색깔로 색칠된 도화지가 보기 싫다고 해서 무작정 다른 색의 물감을 덧칠해버리면 만족스러운 색감은 영원히 나오지 않을 것입니다. 마찬가지로 일상생활 동안 누적된 고통에 보상받으려는 식의 노력은 삶을 알록달록하게 만들지 못합니다. 색깔로 비유된 저의 경험담에서 색칠이 가지는 의미는 표현 그리고 시간을 보내는 방식입니다. 어떤 표현을 하면서 시간을 보내는지에 따라서 당사자가 바라보는 세상의 색감이 크게 바뀌기 마련입니다.

삶이라는 시간을 전체적으로 한번 쭉 살펴볼까요? 여러분은 태어나서 학교를 다니고, 일을 하면서, 그리고 그 이후의 시간들을 살면서 얼마나 많은 표현을 해왔나요? 아마 '셀 수 없다'라는 대답이 가장 많을 것 같습니다. 정확한 숫자야 알지 못하겠지만, 각자가 가진 머리카락의 수보다도 많다는 것만은 확실할 테니 말이죠. 만약 '평소에 내비치는 표현이 충분히 만족스러운가?' 또는 '자신이 하고 싶은 대로 결정하고 있는가?'라는 질문을 한다면 '그렇다'라고 명료하게 대답할 수 있는 사람은 진정 행복하게 살아가는 사람이라고 말할 수 있을 것입니다. 그만큼 표현이라는 행동은 삶에서 많은 부분을 차지하는 일입니다. 그래서 저는 이런 질문을 드리려 합니다. '어떤 주체가 여러분의 표현을 가장 자주 결정하나요?' 물론 최종적으로 결정하고 표현을 내비치는 존재는 당연히 여러분입니다만, 조금 더 깊이 생각해 보기로 결심했다면 주변 사람이나 상황이 특정 표현을 보여 달라고 요구하고 있지 않은지 돌아봐야 합니다. 그 과정에서 행복이 새어나가고 있는 지점을 발견할지도 모르거든요.

만약 '어떤 표현을 해야 되겠구나'라는 필요성을 타인 또는 외부 세상이 정해버리는 일이 자주 반복된다면 당사자의 삶은 쉽게 어두워져 버립니다. 자신이 내비칠 표현을 세상이 랜덤으로 정해준다고 가정했을 때, 그 표현이 당사자의 본성과 궁합이 맞을 확률은 아주 낮기 때문입니다.

슬프게도 우리 사회에는 주도적인 표현을 방해하는 분위기가 존재합니다. 그것도 아주 여러 가지로요. 그 분위기들은 성격이 어때야 한다던가, 인생의 어느 시기에는 어떤 것을 반드시 해야 한다는 말을 타고 우리에게 다가옵니다. 물론 인생에 분명한 정답 따위는 없으며, 이와 같은 기조들은 무시해버리면 그만이라고 생각하며 그냥 넘겨버릴 수도 있습니다. 그러나 내면을 훈련시키지 않은 사람의 무의식은 일종의 협박으로 느끼곤 합니다. 따라가지 않으면 비참해지거나 어딘가 잘못된 사람으로 여겨질지도 모른다는 뉘앙스를 발견하기 때문입니다.

이런 이유로 자신의 삶이 어느 정도는 타인에게 인정받아야 할 것 같다는 정당성이 눈에 밟히기 시작하고, 자연스럽게 주변 분위기가 바라는 표현이나 선택을 자주 보여주게 됩니다. 요즘은 그 분위기라는 것도 많이 바뀌고 있는 것이 사실이지만 여전히 곳곳에서 이 내면의 협박은 잘 먹히고 있습니다. 올바른 삶이라는 기조를 설파할 만한 사람들이 주로 가족이거나 친구, 학교나 회사의 동료처럼 우리 삶 깊숙이 들어와 있는 사람들인 경우가 많기 때문입니다.

혹시 대부분의 사람들이 전문가라고 자처할 수 있을만한 분야가 무엇인지 아시나요? 그것은 바로 **잘못됐다고 생각되는 부분을 찾아 지적하는 것**입니다. 사람들에게 자신의 장점을 말해보라고 하면 한참을 생각만 하는 경우가 많지만, 자신과 타인의 단점이 무엇인지, 무엇을 고쳐야 하는지를 말해보라고 하면 하루 종일이라도 말할 수 있는 사람이 많습니다. 그렇기에 정답이 존재하는 분야에서만큼은 전문지식을 가진 사람에게 올바른 방법대로 지적받는 것이 무척 좋은 결과로 이어집니다. 그러나 삶이라는 더 큰 무대에서는 올바른 방법이라는 것이 없습니다. 인생을 살아가는 올바른 방법은 오직 스스로 결정했을 때만 유효하기 때문에, 삶을 살아가는 방법을 논할 때 일어나는 지적은 대부분 지적을 하는 당사자에게만 유효한 경우가 많습니다.

우리는 타인의 **독선적인 지적을 의도적으로 멀리할 필요가 있습니다.** 특히 가까운 사람이 던지는 지적은 관계가 틀어질 수도 있다는 두려움 때문에 쉽게 수용되는 경향이 있습니다. 그 과정에서 지적을 받는 사람의 솔직한 결정은 자리를 잃어버리고 맙니다. 표현하자면 가까운 관계라는 녀석은 언제든지 자기 자신을 인질로 삼아서 여러분의 결정을 바꿔보려 할 수도 있습니다. 만약 자신이 원하는 길을 선택하는 것으로 인해 가까운 사람과 갈등이 벌어질 것 같다면 주변의 소리에서 잠시 멀어져 보세요. 홀로 보내는 시간들이 감정을 추스를 여유를 안겨주고, 차분한 마음으로 선택을 내릴 수 있도록 도와줄 것입니다. 자신이 원하는 길을 선택하기로 마음 먹었다면 자연스럽게 화제를 돌리거나 상대방의 말에 동의하는 척하면서 상대방이 지적할 필요성을 잃어버리도록 만들어보세요.

즉 나와 가까운 주변 사람들은 침묵을 편안한 것으로, 표현은 불편한 것으로 만들어버리기도 합니다. 심지어 인생의 방향 자체가 달라질 수 있는 큰 결정 앞에서도 마찬가지이죠. 리처드 파인만이 말한 자신을 속이는 일이란 이런 상황을 두고 하는 말이 아닌가 하는 생각이 듭니다.

특히 우리 사회의 많은 사람들이 워라밸을 좇게 된 이유도 이런 식으로 자신의 솔직함을 숨기는 일에 익숙해져 버린 것과 관련이 깊다는 생각을 하게 됩니다.

자신이 하고 싶지도 않은 일에 매몰된 사람은 자유를 갈구하기 마련입니다. 사회의 기조를 따라가는 것은 좁은 영역에서의 경쟁을 심화시켰고, 경쟁주의를 만들어냈습니다. 경쟁주의는 곧 많은 인재를 양성하는 것에 성공했습니다만, 그에 준하는 어쩌면 그를 상회하는 수의 우울 증상도 함께 만들어버렸죠. 무엇을 원하는지를 스스로 깨달을 수 있는 기회마저 주지 않은 채로 무작정 달리게 만든 데에 대한 대가였습니다. 결국 뒤늦게 여기저기서 자유를 갈구하는 목소리가 터져 나왔습니다. '이제는 못 하겠어'라며 마치 포기라도 하는 것처럼 청년들이 동시에 워라밸을 외치기 시작한 것이었죠.

이렇게 치열한 경쟁 사회에서 워라밸을 추구하는 목소리가 크게 들린다는 것은 중요한 사실을 알려줍니다. 인생에서 가장 많은 시간을 차지하는 일이라는 시간을 인생과 따로 분리시켜 바라봐야 할 만큼 어둡게 바라보게 되었다는 사실을요. 그리고 알록달록한 인생에 대한 갈망이 꿈틀거리고 있다는 사실을요. 아마 어두운 시간을 보내고 난 뒤 남은 시간만이라도 알록달록하게 꾸미고 싶은 마음이 경쟁 시대의 워라밸이 아닐까 생각합니다. 하지만 어두운 시간에 대한 보상 심리로 행복을 좇다 보면 삶에서 알록달록한 색은 절대 나오지 않을 것입니다. 적어도 자신만의 진솔한 색은 어두운색을 억지로 밝게 수습해 보려다가 나오는 색은 아니니까요.

빈 노트에 정직한 대답을 기록해 보세요.

QUESTIONS

Q.1 나의 삶은 어떤 색인가요?

Q.2 내가 자주 하는 표현은 무엇인가요?
그 표현을 누가 또는 어떤 상황이 정하나요?

Q.3 나의 소확행은 어떤 목적으로 이루어지고 있나요?

어떻게 하는 것이

자신을 사랑하는 걸까?

나는 이렇게 생각했었다.

'참 괜찮은 사람이 되는 것'

그래서 누가 봐도

괜찮은 사람이 되려고 했었다.

뒤돌아보니, 내 움직임은

자신이 원하는 것이 아닌

타인이 원하는 것으로만

가득해 있었다.

남에게만 괜찮은 사람이 되려다가

나에게는 괜찮지 않은 사람이 됐구나.

불필요한 고통은 제한된 표현으로부터 시작된다.

자신의 혼이 움직이는 것을 파악하지 않는 사람은 불행할 수밖에 없다.

\- 마르쿠스 아우렐리우스

만약 자신의 삶이 어둡다고 느껴진다면 표현의 선택권을 스스로 쥐고 있는지 의심해 볼 필요가 있습니다.

표현이 자연스러워야 행복하다는 사실은 사람만의 이야기는 아닙니다. 자세히 관찰해 보면 다른 동물에게도 저마다 타고난 표현이 있다는 것을 알게 되죠. 고양이 같은 경우에는 혓바닥으로 자신의 털 매무새를 고칩니다. 강아지는 이곳저곳 냄새를 맡고 뿌리며 자신의 의사를 표현하죠. 이런 행동을 하는 이유는 유전자에 저장된 본능이 오랜 세월 동안 생존하게 만들어준 몸짓을 시키는 것이기도 합니다만, 다른 차원에서 필요한 행동이기도 합니다. 타고난 표현은 세상과 안정적으로 연결시켜 주는 역할을 합니다. 만약 고양이의 혓바닥과 강아지의 코가 잘려

나간다면 어떨까요? 아마도 굉장히 괴로워할 것입니다. 신체의 일부가 잘린 탓에 일어나는 고통도 있겠지만, 정말 오랫동안 지속되는 고통은 필요한 만큼 자연스러운 표현을 하지 못한다는 점에서 올 것입니다. 반려동물을 키워본다면 본성에 따른 행동이 제지되는 상황을 얼마나 고통스러워하는지를 잘 알게 됩니다.

그와 마찬가지로 우리도 본성에서 나오는 표현을 할 수 없게 된다면 고통스러울 수밖에 없습니다. 그런데 사람의 경우는 자연스러운 표현에 제약이 걸리는 일이 유독 자주 일어납니다. 이때는 신체가 아니라 마음의 일부가 잘려나갑니다. 그 중심에는 경쟁주의와 내면의 상처가 있습니다.

일이 지겹다고 생각하게 되는 과정

경쟁주의는 행복의 유전자를 변질시켜버리는 방사능 낙진과도 같습니다. 세상을 향해 보여주고 싶은 표현이 무엇인지 깨닫지 못한 채로 진로를 결정하게 만들기 때문입니다. 경쟁주의 세계에서는 '어떤 일을 할 때에 가슴이 뛰는가?'라는 질문이 일어나지 않습니다. '어떤 가치가 의미 있게 느껴지는가?'라는 질문도 일어나지 않죠. 경쟁주의는 의미 있는 질문에 대답하기보다는 유리한 고지를 차지하는 것이 먼저라고 말합니다. 그러나 이것은 기만에 가까운 가르침입니다. 치열한 경쟁을 치렀다고 해서 자신에 대해 저절로 잘 알게 되는 것은 아니기 때문입니다. 가령 수능이 끝난 다음에도 많은 사람들이 끝끝내 자신이 무엇을 원하는지조차 알지 못한 채로 성적에 맞춰 전공을 결정하곤 합니다. 그런 탓에 진정성을 느끼지 못하는 공부에 매몰되었다가 몇 년 후, 처음으로 취직한 회사로부터 "이것이 네가 해야 하는 말과 업무다."라는 강요 아닌 강요를 받게 되죠.

발전하는 기술들이 삶의 질을 올려주는 것을 체감하는데도 불구하고 행복의 질이 오르는 것을 체감하기 어려운 이유는 바로 여기에 있습니다. 자신을 행복하게 만들어줄 수 없는 일과 표현들을 끝없이 해야 한다는 현실을 직면하는 것 말이죠. 그래서 꽤 많은 사람들이 그토록 원하던 곳에 취직을 성공해도 행복이 오래가지 않는 기이한 현상을 경험합니다. 합격을 통보받은 순간에만 행복이 잠시 얼굴을 비추고 사라져 버리는 것이죠. 그렇기에 우리는 공허감을 견디지 못하고 1년 만에 대기업, 공무원을 그만뒀다거나 하루 중에 퇴근 시간을 가장 즐거운 시간으로 삼으며 버틴다는 이야기를 무척 자주 듣게 됩니다.

진정성을 느끼지 못하는 진로를 선택한 사람은 자신의 성향과 업무가 맞지 않은 탓에 일을 하는 내내 내면적인 고통에 시달리는 경우가 많습니다. 많은 사람이 일이라는 것 자체가 고통이며, 일에서 벗어나야 진정으로 행복할 수 있다는 생각을 품고 살아가죠. 이 과정에서 사람들은 점점 행복에 대한 생각을 바꿔가기 시작합니다. 사람들은 삶에서 괴로운 압력이 지속적으로 일어나는 것을 느끼게 되면 괴로움에서 벗어나는 것을 행복으로 정의하곤 합니다. 마찬가지로 적성에 맞지 않은 일을 오래 하다 보면 행복의 정의는 업무에서 벗어나는 것으로 변질되기 쉽습니다.

물론 일을 하는 시간 외에 자신을 행복하게 만들어줄 만한 시간들을 따로 마련할 수도 있습니다. 취미를 갖거나 관심 있는 분야의 동호회에 소속됨으로써 자신의 가치관과 적절히 들어맞는 시간을 보낼 수 있죠. 그러나 '행복한 시간을 뚝 자르듯이 만든다고 해서 인생 전반이 밝아지는가?'라는 질문을 해본다면 긍정적인 대답을 내놓기가 어렵습니다. 어차피 고통스러운 시간들은 월요일에 다시 찾아올 테니까요. 만약 전체적으로 밝은 삶을 원한다면 일하는 시간을 자신이 원하는 표현을 유감없이 표출할 수 있는 시간으로 만들어야 합니다.

상처는 자신에 대한 존중을 잃게 만든다.

내면의 상처 또한 우리의 자연스러운 표현을 가리게 만듭니다. 상처를 가리고 싶은 탓에 진심에도 없는 행동을 하게 되기 때문입니다. 문제는 내면의 상처라는 것이 당사자가 어떻게 해보기에는 너무 이른 시기에 찾아오는 경우가 많다는 것입니다. 가령 어린 시절에 듣게 된 부모의 불평 한마디만으로도 자식은 스스로를 부족하게 여기며 수치심에 몸부림치는 자아상을 가질 수 있습니다. 위대한 정신과 의사였던 모건 스캇 펙(Morgan Scott Peck)은 책 <아직도 가야 할 길, The Load Less Traveled>에서 부모라는 존재가 자식의 자존감에 가장 큰 영향을 주는 존재라고 확신하고 있습니다. 그는 아이의 눈에는 부모가 신으로 비친다는 상징적인 표현으로 아이가 부모의 말을 곧이곧대로 믿어버릴 수 있다는 사실을 경고했습니다. 그의 말처럼 아이는 부모의 말과 태도에 진실이 담겨있다고 믿습니다. 저 또한 어린 시절에 부모로부터 들은 말 한마디에 오랫동안 삶을 지배받았으며 그로 인해서 내면적인 고통을 겪어야만 했다는 사실을 발견했습니다.

어렸을 적 저는 항상 올바르게 행동해야 한다는 규칙에 집착했습니다. 올바름에 심하게 집착한 나머지 사소한 실수에도 자책해버리며 올바르지 못한 사람이 되기도 했었죠. 그럼에도 자책이 자신을 바로잡는 행동이라는 착각에 빠져 있곤 했습니다. 자책은 사그라드는 일 없이 점점 더 늘어가기만 했고, 결국 이십 대의 어느 날에 발작성 공황장애를 판정받을 만큼 스스로를 공격하는 일이 누적되고 말았습니다. 저는 무엇 때문에 자꾸 자책하게 되는지를 알아내야만 했습니다. 이래저래 어린 시절의 기억을 뒤져보다가 꽤 오래되었지만 머릿속에 분명하게 각인되어 있는 한마디의 말과 한 얼굴을 기억해 낼 수 있었습니다. 그 얼굴은 푸른 유리병에 담긴 알코올로 인해 붉게 상기되어 있었고, 흐리지만 타오르는 것만 같은 눈동자가 박혀있었습니다. 그리고 분명 낯익은 얼굴이었지만 익숙하지 않은 표정으로 이런 말을 하고 있었죠. “네가 태어나지만 않았더라도 이렇게 되지는 않았을 텐데.” 이 말을 들었던 코흘리개 시절의 저는 어떤 생각을 했을까요? ‘우리 아버지는 화가 나면 마음에도 없는 말을 하고, 화를 조절할 능력이 없어’라고 생각했을까요? 아뇨, 부모의 말을 이치로 받아들여 ‘나는 존재 자체가 잘못이다’, ‘나는 도움이 안 되는 인간이다’라고 받아들였습니다. 그 사건을 상기하며 자신이 왜 그토록 바람직한 사람이라는 이미지를 붙잡아왔는지를 알게 되었습니다. ‘나는 잘못된 사람이다’라는 죄책감을 품었기 때문에 바람직한 사람으로서 행동하며 속죄 받기를 원했던 것이었죠. 실제로 많은 사람들이 죄책감을 품는 방식으로 올바른 사람 또는 착한 사람이 되기 위해서 노력합니다.

‘나는 모자라고 가치가 없어’라는 식의 결핍된 자아를 품는 것은 끔찍한 불행을 야기합니다. 단지 자신이 모자라다는 생각 자체에 우울함이 묻어있기 때문이 아니라 사람들에게 자신의 모습을 있는 그대로 보여줄 수 없도록 만들기 때문입니다. 자신이 너무 모자라기 때문에 있는 그대로의 모습을 노출하는 것이 곤란하다고 느끼는 것이죠.

스스로를 모자라게 여기는 사람은 자신의 본모습이 아닌 인위적으로 꾸며진 모습을 내비치려는 충동과 자주 마주치기 마련입니다. 저의 경우에는 쓸모 있고 사랑받는 사람이 되기 위해서 착한 사람의 모습을 보여주려고 노력해왔습니다. 저의 진짜 모습을 보여주면 사람들이 경멸하면서 제 곁을 떠날 것 같았거든요. 그래서 원만해 보이는 관계를 유지하면서도 진심을 드러내지 않는 탓에 사람들과 깊이 연결되는 법이 없었습니다. 내면의 상처는 타인에게 진정한 모습을 보여주지 못하게 할 만큼 자기 자신에 대한 존중을 잃게 만들었던 것이죠. 그리고 흐려진 자기 존중심은 이질적이고 제한적인 표현을 낳기 마련이었습니다. 만약 정직하고 자연스러운 표현을 하면서 살고 싶다면 자신에게 특정 기대를 걸지 않고, 있는 그대로의 모습을 존중하는 태도가 필요합니다. 여러분은 어떤 사람으로 행동하고 있나요? 그건 정말 나다운 태도인가요?

우리는 괴로움에서 벗어날 수 있는 선택권을 가지고 있다.

별문제 없이 느껴지는 일상 속에도 마음을 억누르거나 자연스러운 모습으로 살아가지 못하게 만드는 상황들이 무척 많이 일어납니다. 슬프게도 대부분은 이런 상황에서 벗어나기를 힘들어합니다. 이상한 점은 우리가 자연스러운 모습을 되찾기 위해 노력하기보다는 힘겹게 고통을 감내하려는 경우가 무척 많다는 것입니다. 가령 자신이 부족한 사람으로 느껴진다면 그렇게 느끼는 원인을 찾으려는 것이 아니라 무작정 부족하지 않은 사람이 되려고 노력하고, 직장 생활에서 주로 느끼는 감정이 지루함이거나 모멸감이라면 자신이 어떤 일을 할 때 즐거울 수 있는지를 고민하는 것보다 퇴근 후에 어떤 영화를 봐야 기분이 좀 나아질지를 고민하는 경우가 많습니다.

저로서는 이런 식의 해결 방안이 마음에 들지가 않습니다. 맹신하는 정답을 정해두고 그 안에서만 해결하려는 듯한 느낌을 지울 수가 없기 때문입니다. 유명한 비유를 빌려오자면 사막의 더위를 피하려면 사막에서 벗어나야 하는데, 사막 안에서 오아시스만을 찾고 있는 격입니다. 여러분은 어떤가요? 혹시 어떻게든 사막 안에서 해결해야 한다는 정답을 정해두고 고통을 묵묵히 견디고 있지는 않았나요?

빈 노트에 정직한 대답을 기록해 보세요.

QUESTIONS

Q.4 자신도 모르게 정답이라고 생각하며 따라왔었던 주관적인 신념이 있나요?

Q.5 너무 나쁘다고 여긴 탓에 스스로 억누르고 있는 면모가 있다면 그건 무엇인가요?

Q.6 일상의 고통을 어떤 식으로 해소하고 있나요? 그런 자신의 모습을 멀리서 바라보는 상상을 해보세요. 어떤 느낌인가요?

착한 사람 중에는

유독 외로움을 타는

사람들이 많다.

나도 외로움을 타는

착한 사람이었다.

정말 이상하게도

챙겨주고 배려해서

칭찬을 들을수록

외로웠다.

사람들이 나를 좋아해 주는데

도대체 뭐가 문제였을까?

알고 보니 사람들에게

내가 착하다는 것 말고는

나에 대해서 알려준 것이 아무것도 없었다.

자신의 못난 부분만 계속 보이는 이유

자신이 정의한 빛을 좇아가지 않으면 타인이 정의한 어둠에 쫓겨 살게 된다.

- 작자 미상

죄를 뜻하는 단어 sin은 그 어원과 꽤나 의미심장한 관계를 가지고 있습니다. sin의 어원은 '과녁을 벗어나다'라는 뜻입니다. 가끔은 내면 안에 죄와 관련된 과녁이 있다는 것을 느끼곤 합니다. 정확히 맞추지 못하면 죄의식과 수치심을 느껴야만 하는 과녁을 말이죠. 우리의 내면에는 인간 윤리처럼 무거운 일부터 시간 약속이라는 가벼울 수 있는 일에 이르기까지 정말 다양한 과녁들이 존재합니다. 대부분의 사람들은 수치심이나 죄의식으로 주눅 드는 기분을 그다지 반기지 않기 때문에 가급적이면 과녁들을 맞추는 선에서 행동하려고 노력합니다.

내면에 존재하는 과녁은 사회의 질서를 유지하는 역할을 하기도 합니다만 어떤 사람에게는 자신이 진정으로 원하는 것이 무엇인지 알지 못하도록 방해하는 역할을 하기도 합니다.

죄책감과 수치심이 만들어내는 동기부여

수치심이 만들어내는 부작용을 알아보려면 우리의 내면에서 동기부여가 어떤 원리로 작동하는지를 먼저 알아볼 필요가 있습니다. 동기부여에는 크게 두 가지 종류가 있습니다. 하나는 접근 동기고, 다른 하나는 회피 동기입니다.

접근 동기는 진솔하게 원하는 결과에 다가갈 때 일어나는 긍정적인 성격의 동기부여입니다. 반면 회피 동기는 원하지 않는 결과에서 도망치고 싶을 때 일어나는 부정적인 성격의 동기부여이죠. 회피 동기는 주로 생존이나 수치심과 연결되어 있는 경우가 많습니다. 가령 자신의 외모를 창피하게 여기는 탓에 성형에 중독되거나, 넉넉한 수입을 벌지 못할 수도 있다는 두려움만으로 관심 없는 직업에 평생 붙들린다면 회피 동기가 작용했다고 볼 수 있죠. 즉 수치심이나 죄의식, 불안한 감정이 일어나면, 내면에서 회피 동기가 일어나서 우리의 행동을 결정지어버릴 수도 있다는 점을 기억해야 합니다. 조금 더 생각해 보면 어떤 종류의 동기부여를 자주 일으키느냐에 따라서 우리의 삶은 긍정적인 목표에 다가가는 모습이 될 수도 있고, 그저 도망치는 모습이 될 수도 있습니다.

다시 과녁 이야기로 돌아와 우리는 내면에 필요 이상의 과녁이 존재하고 있지 않은지를 점검할 필요가 있습니다. 우리의 집중력은 한정된 자원이기 때문에 부정적인 것을 피하는 데 집중할 일이 너무 많으면 긍정적인 목표에 집중하는 것이 어려워지기 때문입니다. 잠시 다음 그림을 살펴볼까요?

이 그림은 우리의 집중력에 어떤 한계가 있는지를 알려줍니다. 집중력을 발휘해서 중앙에 있는 점을 30초 동안 응시해 보세요.

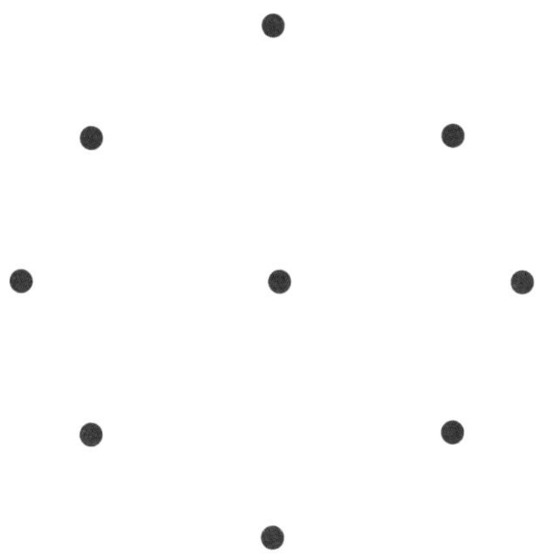

집중력을 흩뜨리지 않았다면 중앙에 있는 점을 제외한 나머지 점들의 형체가 흐려지거나 아예 보이지 않는 현상을 경험하게 됩니다. 이처럼 우리가 집중하지 않는 것에 대해서는 인지조차 할 수 없는 현상을 부주의맹(inattentional blindness)이라고 합니다.

부주의맹은 우리가 삶의 모든 부분을 인지하며 살아가는 것이 불가능에 가깝다는 사실을 알려줍니다. 가령 연필을 쥐고 어려운 시험문제를 집중해서 풀다 보면 연필을 쥔 손가락의 손톱이 눈앞에 있어도 손톱이 얼마나 자랐는지에 대한 생각을 할 수 없고, 깊은 걱정에 빠지다 보면 주변 상황을 인지하지 못할 때가 많습니다. 마찬가지로 이렇게 생각해 볼 수도 있습니다. 자신의 모난 점에만 지나치게 집중하면 자신이 가진 재능, 매력, 가치관은 그 뒤에 가려지게 됩니다. 즉 회피 동기를 느낄 일이 많아지면 도망갈 곳을 쳐다보는 시간이 많아지고, 긍정적인 태도로 노력할 수 있는 접근 동기는 일어날 기회를 잃게 됩니다. 그렇기에 우리는 집중력을 조절해서 진실하게 원하는 목표를 조명할 수 있도록 노력해야 합니다.

수치심에 이용당하는 상황을 거부해야 한다.

사실 자신의 마음을 잘 살피고 안정적으로 유지하는 것이 중요하다는 교훈쯤은 이미 누구나 알고 있을 법한 이야기입니다. 그럼에도 우리는 마음의 안정과 집중력을 유지하기 어려운 순간과 자주 맞닥뜨리곤 합니다. 삶에서 집중력을 헤집어 놓을만한 요소들은 셀 수 없이 많지만, 감정적인 부분에서만 놓고 보자면 수치심이 가장 큰 원인이라 볼 수 있습니다. 수치심이라는 감정은 집중력의 방향을 강제로 옮겨버릴 수 있을 만큼 성격이 강렬하기 때문입니다. 남들 앞에서 헐벗게 된다면 다른 것보다는 거적때기라도 먼저 찾게 되는 것이 사람의 심리이죠.

인류 역사를 되짚어보면 수치심을 이용해서 사람들의 행동을 통제해 왔던 일을 심심치 않게 찾아볼 수 있습니다. 특히 혐오와 수치심은 돈이 되는 사업 아이템이라고 말할 수 있을 만큼 동서고금을 막론하고 수치심을 돈으로 가리려 했던 시도가 늘 있어왔죠. 중세 가톨릭교회에서 돈을 받고 면죄부를 팔았던 것을 대표적인 사례로 들 수 있습니다. 사람이란 동물이 수치심에 취약하다는 사실을 통찰했던 사람들은 일찍이 돈 냄새를 맡았습니다. 그렇기에 훗날 마케팅 전략으로도 활용되죠. 엠제이 드마코(MJ DeMarco)는 책 <부의 추월차선, The Millionaire Fastlane>에서 사회가 물질적인 소유에 집착하도록 만들기 때문에 조심하라고 지적합니다. 가령 "우리 회사의 제품이나 서비스를 이용하면 창피함에서 벗어날 수 있어요!"라는 식의 마케팅은 넘쳐납니다. 열등감을 건드리는 메시지는 안타깝게도 사람들의 심리를 정확하게 겨냥하는 전략이었고, 현대 사회에서는 소비로서 자신의 인격을 높이라는 뉘앙스의 마케팅 메시지가 이미 고전으로 자리 잡았습니다. 지금까지도 수려한 외모와 값비싼 물건을 가져야만 행복할 수 있다는 느낌의 광고 멘트가 수없이 양산되고 있고, 수많은 사람들이 자신과 타인을 비교하며, 인위적으로 만들어진 수치심에 이용당하고 있습니다. 그 덕분에 자신에게 필요도 없는 물건이나 서비스를 구매하는 일이 무척이나 많아졌죠.

수치심이 풍기는 강렬함에 자주 노출되는 것은 결코 좋은 일로 볼 수가 없습니다. 그때마다 맞출 필요도 없는 과녁을 내면에 하나씩 들여다 놓는 꼴이 되기 때문이죠.

내면에 수치심을 일으키는 과녁이 많아질수록 긍정적인 목표를 조명하는 것은 어려워져 갑니다. 불행히도 우리가 살아가는 세상은 광고에도 수치심을 이용하는 마당인지라 자신도 모르게 과녁을 수집하는 것이 무척 쉬운 일이 되어버렸습니다. 그리고 그만큼 방어적으로 행동하고, 가릴만한 창피함도 무척 많아져 버렸죠. 심지어 수치심을 주는 것은 광고뿐만이 아닙니다. 살아가다 보면 '너는 왜 이렇게 행동하냐?', '너는 생각이 있는 거냐?'라는 식의 비방으로도 과녁을 수집하기 마련입니다.

마음에 과녁을 놓으려는 수많은 시도들을 뿌리치지 못한다면 접근 동기를 일으키는 것이 정말 어려운 일이 돼버립니다. 앞에서 설명한 것처럼 수치심은 굉장히 강렬한 감정이기 때문에 내면의 긍정적인 면에 집중하기도 전에 창피한 것을 가려주는 것들에 먼저 시선이 쏠려버릴 테니까요.

누구든지 수치심을 가리는 것에만 오랫동안 집중하게 된다면 더 나은 사람이 아니라 그저 덜 창피한 사람이 되어 있을 것입니다. 그렇다면 우리는 어떻게 행동해야 할까요? 어떻게 해야 수치심의 힘을 뿌리칠 수 있는 걸까요? 단순하게는 광고나 비교 심리를 일으키는 매체를 끊어버리고, 자신에게 상처를 주는 사람들과 거리를 두는 방법이 있습니다. 부끄러움을 주입하는 존재와 가까이 지내지 않으면 수치심의 새로운 유입을 쉽게 막을 수 있는 것이죠. 그러나 이 방법이 내면에 이미 누적된 수치심을 없애주지는 못합니다.

이미 내면에 자리하고 있는 수치심을 없애려면 삶에 대한 태도를 새롭게 설정할 필요가 있습니다. 수치심을 없애는 첫 번째 태도는 단 하나의 긍정적인 목표에만 집중하는 것입니다. 이는 부주의맹을 역이용하는 방법입니다. 나를 둘러싼 여러 부정적인 문제들에 지나치게 신경 썼을 때 긍정적인 목표에 관심을 가질 수 없었던 것처럼, 우리가 긍정적인 목표만을 조명한다면 목표와 상관없는 문제들도 시야에서 사라지기 시작합니다. 어쩌면 긍정적인 목표는 삶을 단순하게 만들어주는 동시에 행복에 가까워지게 만들어준다고도 볼 수 있습니다. 행복한 사람들이 무조건 목표를 가지고 있다는 이야기는 아니지만, 긍정적인 목표가 있는 사람들은 행복한 사람들인 경우가 많습니다.

수치심을 없애는 두 번째 태도는 수치스럽게 여기는 면모를 감추려는 행동을 그만두는 것입니다. 자신의 일부분에 대해 부끄럽게 여기는 생각 자체는 사실 허상에 불과한 경우가 많습니다. 처음부터 수치스러운 것이라기보다는 특정 경험을 통해서 어떤 양상, 어떤 형상에 수치스럽다는 개념을 얻어놓은 경우가 대부분이죠. 그래서 살아온 배경이나 문화에 따라서 사람들이 수치스럽게 여기는 것이 조금씩 달라지기도 합니다. 가령 지금의 모습 그대로 100년 전을 살거나 10,000km 떨어진 다른 곳에서 산다고 상상해 보세요. 아마 그곳의 사람들이 수치스럽게 여기는 것과 여러분이 수치스럽게 생각하는 것에는 차이가 나는 부분이 많을 것입니다. 이렇듯 수치심은 그 자체로 실존하는 것이 아니라 마음 속에서만 존재하는 것이기 때문에 수치스럽게 여기지 않기로 결정하는 순간부터 힘을 잃어버리기 마련입니다. 현실이 아닌 가상적으로 존재하는 이미지를 감추기 위해서 또 다른 거짓을 가장한다는 것은 얼마나 비효율적인 삶의 방식인가요? 진실도 아닌 것 때문에 마음을 어지럽힐 필요는 없습니다. 차라리 거짓으로서 창피하더라도 진실로서 당당한 것이 자신을 위한 결정이죠.

우리는 자신이 어떤 수치심을 품고 있는지를 알아보고 스스로를 위로할 필요가 있습니다. 그러나 이 과정이 꽤나 어려울지도 모릅니다. 보고 싶지 않았기에 애써 외면해왔던 부분을 당당하게 쳐다봐야 하기 때문입니다. 그렇기에 처음에는 자신이 어떤 수치심을 품고 있는지 잘 보이지 않을지도 모릅니다. 표현하자면 작고 검은 머리핀을 아무도 보지 못하도록 좁고 어두운 곳에 넣어뒀는데 손가락의 감각만으로 다시 찾는 느낌일 것입니다. 그럼에도 용기라는 빛을 비춰 수치스럽게 여긴 부분을 인정하기 시작한다면 삶의 부담감이 많이 떨어져 나갈 것입니다. 삶에 있어 진정한 과녁이라 말할 수 있는 긍정적인 목표를 바라볼 수 있는 여유와 함께 말이죠.

빈 노트에 정직한 대답을 기록해 보세요.

QUESTIONS

Q.7 스스로가 나쁘다고 생각한 모습으로는 어떤 것이 있나요?

Q.8 나는 사람들 앞에서 어떤 부분을 감추고 싶어 하나요?

Q.9 감추지 않게 된다면 나는 어떻게 살아갈 수 있나요?

Q.10 쫓기는 느낌 없이 자신이 즐겁게 좇아갈 수 있는 것은 무엇인가요?

모기에게 단잠을 방해받는 사람의

오감이 온통 모기에게 집중되듯이

문제에만 신경 쓰고 있노라면

세상은 다른 것은 보여주지 않고

문제들만 비춰줄 뿐이다.

평소에는 착한데 갑자기 화내거나 이상하게 행동하는 사람

> 우리가 살아가는 데 도움을 주던 동기와 욕구가 우리를 타락의 길로 이끌 수 있다.
>
> \- 필립 짐바르도

착함이라는 가면을 쓴 사람은 고통스러울 수밖에 없다.

우리는 착하다는 말을 크게 두 가지 뉘앙스로 나눠서 표현하곤 합니다. 한쪽은 말 그대로 언행이 상냥하고 선하다는 뜻으로 사용됩니다. 그리고 다른 한쪽은 남에게 피해주는 것을 싫어하고 도움을 주려는 타입이지만 어딘가 숫기가 없어 보이는 사람의 체면을 살려줄 때 사용하는 말이죠. 책 <잘난 놈 심리학, No More Mr. Nice Guy>의 저자 로버트 글로버(Robert A. Glover) 박사는 후자의 사람을 향해 착한 사람(nice guy)이라는 표현을 사용합니다. 지나치게 남의 눈치를 보도록 길들여진 남성들을 지칭할 때 쓰는 말이죠.

저 또한 삶의 대부분을 후자의 착한 사람으로서 살아왔습니다. 타인에게 친절을 베풀 수 있는 기회를 놓치지 않으려 했고, 심지어 찾아다니기까지 했었죠. 당시에는 정확한 이유를 알지 못했었지만 왠지 착하게 행동해야 할 것 같은 느낌을 강하게 받았고, 착하다는 칭찬을 들을 때마다 꽤나 괜찮은 기분이 들었습니다. 그러나 괜찮은 기분이 평생 지속되지는 않았습니다. 사람들이 저에게 서서히 거리를 뒀기 때문이었죠. 사람들은 왜 저에게 거리를 둬야만 했을까요? '사람은 딱 자신에게 필요한 만큼 착하다'라는 말이 있습니다. 후자의 착한 사람들이 결코 선한 심성 때문에 친절을 베푸는 것은 아닐 수 있다는 이야기입니다. 그들의 선한 행동은 당사자도 잘 알지 못하는 무의식 너머 심리적인 작용에 의해 만들어지곤 합니다. 가령 후자의 착한 사람이 보여주는 친절한 행동에는 타인에게 인정을 받으려는 욕망이 계산되어 있는 경우가 많습니다. 타인으로부터 인정이나 애정을 얻기 위한 도구로써 착한 사람이라는 가면을 쓰고 친절한 행동을 연기할 수 있다는 것이죠. 그러나 거짓으로 뭔가를 오랫동안 가장하는 것은 언젠가 들통이 나는 결말을 맺게 되어 있습니다. 사람들은 겉과 속이 다른 사람을 별로 좋아하지 않기 때문에 속내를 숨기고 다가오는 사람을 본능적으로 경계하기 때문이죠. 하지만 애정결핍처럼 정서적인 문제로 인해서 착한 행동을 연기하는 사람들은 착한 행동을 잘 놓지 못하는 경향이 있습니다. 한때는 자신을 사랑받게 만들어준 방법이기 때문입니다.

어린 시절에는 착한 사람의 가면을 쓰는 것이 잘 통하는 경향이 있습니다. 대부분의 사람들은 어린 아이의 마음이 순수할 것이라는 생각을 가지고 있기에 아이의 무조건적인 친절 앞에서 거부감을 잘 느끼지 않기 때문이죠. 게다가 제대로 된 어른이라면 아이들이 훌륭한 사람으로 성장하기를 기대하며 칭찬을 통해 아이의 올바른 행동을 장려하려 합니다. 대부분은 어떤 아이가 나를 생각해서 이것저것 챙겨준다고 한다면 아이를 기특해하며 머리를 쓰다듬고 고맙다고 말해주죠. 그렇기에 애정 결핍을 앓는 사람의 어린 시절을 돌이켜보면 친절하게 행동해서 얻은 칭찬으로 자신의 존재감을 확인하고, 결핍된 사랑과 인정을 스스로 수급한 경우가 많습니다. 안타까운 점은 성인이 되면 이 방법이 잘 통하지 않게 된다는 것이며, 착한 사람이라는 자아를 지속적으로 쌓아온 사람은 더 이상 사랑받지 못하게 되는 상황을 받아들이기 굉장히 힘들어한다는 점입니다. '아니, 계속 이렇게 살면 되는 거 아니었어?'라며 당사자의 내면은 불안과 혼란 속으로 추락해버리는 것이죠.

당사자의 바람과는 다르게 무조건적인 친절을 베푸는 성인은 어딘가 수상해 보입니다. 저 또한 성인이 되었음에도 착한 사람이라는 이미지를 버리는 것을 어려워했고, 시간이 흐를수록 지칠 수밖에 없었습니다. 누구에게든 호감을 얻을 수 있었던 방법이 점차 통하지 않게 되자 불안했던 것이죠. 저는 제발 자신을 봐달라는 심정으로 더욱더 열심히 착함을 노력했습니다. 그랬더니 저를 대놓고 피하는 사람까지 생기더군요!

이뿐만 아니라 저는 불안이 과중되면 평소의 착한 모습을 보여주는 것에 실패하기도 했습니다. 괜찮은 사람이라는 이미지를 유지할 수 없을 만큼 불리한 상황과 마주하게 되면 상대방의 말에 제대로 대답하지 못하거나 무언가에 홀린 듯이 자리를 피해버렸고, 뭔가를 봤으면서도 못 본 척한다던가, 연락을 피하며 도망치는 일이 일어났습니다. 어떤 날은 주변 사람들이 제 태도에서 심한 온도 차이를 느끼는 상황으로 이어지기도 했습니다. 저는 왜 이렇게 행동해야 했을까요? 그 이유는 착한 사람에게는 나름대로의 생존본능이 있기 때문입니다. 우리는 머나먼 과거에서 이 본능의 정체를 알아낼 수 있습니다.

착한 사람들에게는 어쩔 수 없는 본능이 있다.

우리는 타임머신을 타고 까마득히 먼 시간을 거슬러 올라왔습니다. 약 1만 년 전으로 왔죠. 이때는 인간과 다른 동물들 사이의 간극이 지금보다는 좁은 시기입니다. 두려운 감정을 느끼는 상황 또한 거의 일치했죠. 앗, 저쪽 수풀에서 우리의 따뜻한 내장에 입맛을 다시는 포식자가 나타났네요! 아마도 늑대인 것 같습니다. 천적과 마주한 우리의 신체는 이미 대처에 나섰습니다. 분노와 관련된 호르몬이 분비되면서 몸은 긴장 상태에 돌입합니다. 내장과 같은 연약한 부위를 보호하기 위해서 몸은 앞으로 굽혀지고, 동공은 확장되죠. 심장이 빨리 뛰어 온몸으로 피가 빠르게 돌고 있고 그 덕분에 사지가 외부환경에 기민하게 반응할 수 있게 되었습니다. 반면 뇌에 흐르는 혈류량은 적어집니다. 결과적으로 생각이 아닌 본능이 행동을 결정짓게 됐고, 그 결정에 최대 효율을 낼 수 있는 몸 상태가 되었습니다. 이런 몸 상태는 싸우거나 도망치는 일이 많았던 야생에서 완벽한 보호 메커니즘이었습니다. 이를 투쟁-도피 반응(fight or flight response)이라고 하는데, 두려움이 우리 조상들을 오랜 시간 동안 생존할 수 있게 만들어준 감정이었다는 사실을 알려줍니다. 두려움이라는 감정이 아직까지도 우리의 유전자에 저장되어 있는 이유이기도 하죠.

물론 투쟁-도피 반응이 현 시대에서는 그 유용성을 많이 잃었습니다. 인간이 먹이사슬의 왕좌에 군림하게 되었기 때문입니다. 자연이 주는 위험에 저항하는 것을 넘어서 이용하는 방법을 배운 인간의 삶은 물질적으로 풍요로워졌습니다. 배를 채우기 위해 집 밖을 나섰다가 오히려 잡아먹힐 수도 있다는 걱정은 거의 사라졌죠. 풍요로운 변화의 흐름을 따라서 인간에게 생존에 대한 정의는 완전히 다른 것으로 바뀌어 갔습니다. 집단에서의 위치, 이미지, 자신의 미래처럼 실존적인 생존이 신체적인 생존보다 더욱 부각되었고, 투쟁-도피 반응이 일어나는 강렬한 두려움보다는 잠식하듯이 느껴지는 불안을 느끼는 일이 점차 늘어가기 시작했던 것이죠. 타임머신을 타고 다시 현재로 돌아와 보죠. 착한 사람들이 갑자기 이질적인 행동을 보이는 이유는 두려움을 느끼기 때문입니다. 그러나 실존적인 생존을 두고 보통의 사람들처럼 불안을 느끼는 것이 아니라, 싸우거나 도망쳐야 하는 상황으로 받아들이는 것이 문제입니다. 투쟁-도피 반응이 일어나는 것이죠.

사람에게 투쟁-도피 반응이 자주 일어난다는 것은 과거에 위협적인 상황을 많이 겪어봤다는 뜻이기도 합니다. 과거에 일어났던 나쁜 일이 다시 일어나는 상황을 대비하려고 무의식이 기억하고 있는 것이죠. 가령 위협에 노출되는 경험은 영유아기에 쉽게 일어날 수 있습니다. 흔히 심리학자나 정신과 의사는 1~4세 사이의 경험이 한 사람이 가지는 평생 동안의 정서를 결정한다고 말합니다. 그래서 이 시기의 아기들이 공포를 느끼지 않고 안정감을 느끼게 해주는 것이 중요하다고 강조하죠. 그러나 이 정도의 말로는 이해하기 어려울 만큼 아기는 무척이나 연약한 존재입니다. 심지어 무관심만으로도 큰 공포를 느끼기도 합니다. 혼자서 할 수 있는 것이 별로 없는 아기의 입장에서 무관심이란 곧 죽음에 대한 노출을 의미하기 때문입니다. 그렇기에 우는 아기를 방치하거나 제대로 된 애정을 주지 못하는 것은 생각보다 큰 위협에 노출시키는 것과 같은 일이라고 볼 수 있습니다. 이렇듯 두려움이라는 감정은 의식적으로 기억하기 힘든 과거에서 오는 경우가 많습니다. 무관심한 양육

태도와 더불어 부모가 아이를 쉽게 길들이려는 목적으로 조건적인 사랑을 주는 양육방식도 비슷한 문제를 일으킵니다. 조건적인 사랑을 받은 아이는 부모를 만족시키는 방법을 통해서 사랑받는 방법을 학습하는데, 이는 정서적으로는 생존을 위해 분투하는 것과 다름이 없습니다. 그렇기에 학교에서 높은 시험성적을 받아 올 때만 칭찬해주거나 무관심한 양육태도로 일관한 부모 아래서 자란 아이의 정서는 이렇게 완성될 수 있습니다. '생존해야 한다! 그러기 위해서는 내 앞에 있는 사람을 만족시켜야 한다.'

이길 수 없는 게임은 하지 않아야 한다.

타인을 만족시키고픈 욕망을 따라가며 사는 것은 인생에 큰 도움이 되질 않습니다. 모든 사람을 만족시킨다는 것은 절대 이길 수 없는 게임을 하는 것과 마찬가지이기 때문이죠. 신이라 할지라도 언제나 추종자만큼의 반대 세력이 생겨나기 마련입니다. 심지어 신이 모든 사람의 소원을 들어주는 강수를 두더라도 줏대가 없다며 싫어하는 사람이 생길 것이 분명하죠. 만약 정서적인 생존을 위해서 모든 사람을 만족시키려 한다면 당사자의 삶은 장기간의 시간을 거쳐 망가져버리고 맙니다. 늘 실패와 거절에 대한 불안을 느끼며 살아야 하기 때문입니다. 결국 사람들이 자신을 향해 만족스러운 표정을 지어주지 않거나 그동안 쌓아온 착한 행실로는 덮기 어려운 실수를 저지르게 되면 치명적인 불안감과 함께 투쟁-도피 반응이 일어날 수 있습니다. 상황이 이렇게 흘러간다면 당사자에게 정당한 책임이나 이성적인 판단을 기대하기가 어려워집니다. 말 그대로 싸우거나 도망치는 행동 중 하나를 선택해야 하기 때문이죠. 주변 사람들은 그들에게 실망감을 감추지 못하고, 심지어 당사자는 자신을 보호하기 위한 마지막 수단으로 주변 사람들과의 인연을 끊어버리기까지도 합니다.

간혹 싸우지도 못하고 도망가기도 뭐한 상황이 일어날 수 있습니다. 가령 중요한 프레젠테이션이나 발표를 해야만 하는 상황이 그렇습니다. 이때는 실수 때문에 웃음거리가 될지도 모른다는 걱정으로 하염없이 멍해지는 프리징 현상을 겪기도 하는데, 우리는 흔히 이를 '얼탄다'며 비꼬아 말하곤 합니다. 즉, 지나치게 착하고 그만큼 불안을 많이 느끼는 사람들은 성격 자체에 문제가 있다며 자신을 비관하기보다는 내면적인 상처를 의심해볼 필요가 있습니다. 상처는 충분히 치유될 수 있는 문제입니다.

세상에는 제대로 된 사랑을 받지 못한 채로 성장한 성인이 굉장히 많습니다. 그만큼 자신의 친절에 노고를 표해주지 않거나 비판하는 사람들에게 원망을 품고 관계를 단절하는 일이 드물지 않죠. 이를 극복하는 방법으로는 스스로를 성찰하여 위험하지 않은 순간을 위험하게 바라보고 있다는 사실을 깨닫는 연습이 거의 유일한 상황입니다. 그러니 차라리 넓은 마음으로 자신의 세계를 인정하며 성장을 선택하는 것을 부탁드리고 싶습니다.

빈 노트에 정직한 대답을 기록해 보세요.

QUESTIONS

Q.11 내가 착한 사람이라면 어떤 이유에서 착함을 선택하나요?

Q.12 사람들이 나를 어떤 사람으로 봐줬으면 하는지 솔직하게 적어보세요.

Q.13 내가 착하기로 선택했기 때문에 일어나는 부정적인 현상들로는 무엇이 있나요?

@writer_woody: [좋아하는 사람 앞에서 마음이 급한 이]

아주 조금 열린 창문에 너무 센 바람이 비집고 들어오면 우리는 불편한 기분과 마주한다. 밖에 귀신이라도 있는 것처럼 위협적이고 듣기 힘든 소리가 나기 때문이다. 이런 불편함이 느껴지면 우리는 서둘러 창문을 닫아버리기 바쁘다.

사람의 마음도 이와 비슷하다.

아직 열리지도 않은 마음을 비집고 들어가기 위해서 지나치게 호의를 베풀다 보면 사람들은 마음을 닫아버리기 바쁘다.
그러니 조바심 내지 않고 기다리는 시간을 가져보기로 하자.

부모님의 나쁜 모습마저 닮아버린 내가 싫을 때

아버지가 내게 말했다. "평생 게으름뱅이로 살 녀석!" 그러자 이런 생각이 들었다. 만약 게으름뱅이가 되는 것이 이 개자식과 정반대가 되는 것이라면 난 그렇게 돼야겠다고.

- 찰스 부코스키

고민과 그림자 사이에는 한 가지 공통점이 있습니다. 의식하든 아니든 간에 죽을 때까지 모습을 바꿔가며 우리를 따라다닌다는 점이죠. 그림자의 길이가 시간의 흐름에 따라 변하는 것처럼, 고민도 인생의 흐름을 따라 모습을 바꿔갑니다. 아무래도 삶의 배경과 그 배경 속에서 스스로가 자처하는 역할이 계속 바뀌어가기 때문인 것 같다는 생각을 해봅니다. 학생시절의 고민이 다르고, 회사에 갓 취직한 시기의 고민이 다르며, 심지어 어떤 사람을 만나는가에 따라서도 우리는 늘 다른 역할을 맡고, 다른 고민을 품어오지 않았나요?

한편 가장 극적인 변화를 불러오는 만남과 역할은 자식과의 만남 그리고 부모라는 역할이 아닐까 합니다. 부모가 된 사람은 이전에는 가질 수 없었던 고민에 휩싸이게 됩니다. 아이의 연약함을 케어한다는 것은 수많은 장기적, 단기적 숙제를 떠안는 것을 의미하기 때문입니다. 그러다 보니 자녀를 둔 지 얼마 되지 않은 부모가 가진 고민은 자녀를 향하기 마련입니다. 그럼에도 불구하고 어떤 부모는 이해되지 않는 방식으로 표출되는 감정과 마주하며 자신에 대해 깊이 고민하는 경험을 하곤 합니다. 바로 끔찍이도 싫어한 부모님의 못난 면모를 자신이 똑같이 닮아가고 있다는 것을 발견할 때죠. 당사자는 어린 시절에 자신에게 상처를 줬던 부모님을 보며 이렇게 다짐했을 수 있습니다. '나는 절대로 우리 부모님 같은 사람은 되지 않아야지'라고 말이죠. 그런데 막상 부모가 된 시점에서 그토록 미워했던 부모님처럼 배우자와 아이에게 상처를 주고 있다면 어떤 기분이 들까요? 당사자는 부모님의 모습을 닮아가는 상황이 의아하기만 합니다. 왜 이런 일이 일어나는 것일까요? 성격도 유전이 되는 것일까요? 저는 성격이 유전되었다는 말보다는 상처를 물려주었다는 표현을 사용하고자 합니다.

마음의 상처는 전염병처럼 퍼진다.

상처를 물려준다니, 도대체 상처를 어떻게 물려줄 수 있는 걸까요? 교복이나 반지처럼 손에 잡혀서 직접 건네줄 수 있는 것도 아닌데 말이죠. 혹시 운명의 빨간 실과 같은 신비한 힘이 실제로 존재하기라도 하는 걸까요? 진실은 자기 자신을 미워하는 감정에 있습니다. 한 사람이 마음에 상처를 입게 되면 그로 인한 파급효과가 생각보다 큰 경우가 많습니다. 당사자는 주변으로부터 계속 똑같은 상처를 받고, 똑같은 상처를 주변에 퍼뜨릴 수 있기 때문입니다. 이어지는 내용은 한 사람이 어떻게 상처를 처음 경험하고, 어떻게 다시 재학습하며, 어떤 방식으로 주변에 상처를 퍼뜨릴 수 있는지를 가상의 에피소드로 만들어 본 것입니다.

철수 씨는 느린 행동을 싫어하는 성격의 초등학교 담임선생님입니다. 그런데 아침부터 철수 씨의 기분이 좋아 보이지가 않네요. 출근길에 아버지와 통화하며 한바탕 다툼이 일어났었기 때문입니다. 아버지의 용건은 용돈이었습니다. 어젯밤에 보내달라고 한 용돈을 철수 씨가 아직 보내지 않아서 화가 난 것이었죠. 전화로는 이런 대화가 오갔습니다.

"여보세요?"

"철수야! 내가 이번 달은 빨리 좀 보내라고 말했잖아! 왜 아직도 안 보낸 거야?!"

"하아, 예. 출근하고 나서 보내드릴게요."

"너는 누굴 닮아서 어릴 때나 지금이나 행동이 그렇게 굼뜨냐?"

"지금 보내도 평소보다 빨리 보내는 거잖아요! 왜 아침부터 돈 이야기로 화를 내세요?"

"내가 지금 돈 때문에 그러냐? 네 행동이 느려 터졌다고! 뭘 잘했다고 말대답이야!"

결국 철수 선생님은 가만히 듣고 있기가 싫어서 마음속으로 욕을 읊조리는 것에 집중하다가 적당히 전화를 끊었습니다. 이후 철수 선생님은 출근을 하고 나서 칠판을 쳐다보는데, 어제의 수업내용이 아직까지 그대로 적혀 있는 것을 발견합니다.

"칠판 당번 누구야? 왜 아직도 칠판이 안 지워진 거지? 반장이 좀 지워줘."

"네, 선생님."

"반장은 원래 칠판을 그렇게 하루 종일 닦니? 좀 있으면 수업시간 아니야?!"

"죄송합니다."

이 이야기에서 철수 씨가 어떻게 상처를 물려받았고, 어떻게 다른 사람에게 상처를 물려주는지가 보이시나요? 철수 씨는 원래 여유롭게 행동하는 것이 자연스러운 사람이었습니다. 그러나 행동이 느리다는 이유로 아버지에게 많은 질책을 받으며 자랐죠. 철수 씨는 똑같은 이유로 여러 번 혼나게 되자 느린 행동 자체를 나쁜 행동으로 생각하게 되었습니다. 그래서 여유 있게 행동하는 면모를 억누르고 억지로 재빨리 움직이는 모습을 노력하게 되었죠.

때로는 스스로를 나쁜 사람으로 몰아가며 자책하기도 했습니다. 가령 누군가가 자신을 굼뜨다는 뉘앙스로 말하면 비난하려는 의도가 전혀 없다 했을지라도 못 볼 꼴을 보였다며 분한 감정을 식혀야만 했죠. 자신의 나쁜 면모를 감추려고 노력해왔는데, 사람들이 용케 찾아내버렸으니, 철수 씨는 여전히 자신이 나쁜 사람인 것처럼 느껴졌습니다.

문제는 여유 있는 행동이 자연스러운 사람이 철수 씨 혼자만이 아니라는 사실입니다. 가상의 에피소드에서는 아직 열 살도 되지 않은 반장이 어린 시절의 철수 씨처럼 여유로운 사람이었죠. 방금 상처를 찔린 탓에 예민해질 대로 예민해진 철수 씨의 마음은 칠판을 천천히 지우고 있는 반장의 여유로움을 그냥 넘기지 못했습니다. 자신이 그동안 억눌러온 나쁜 면모를 반장에게서도 발견했기 때문입니다. 철수 씨는 갑자기 압제자가 되고자 하는 욕망을 느낍니다. 굼뜬 자신을 나쁜 사람으로 몰아붙였던 철수 씨의 눈에는 반장도 나쁜 사람처럼 보입니다. 그리고 자신을 억눌렀던 것처럼 반장의 나쁜 면모도 억누를 필요가 있다고 느꼈죠. 마음이 억눌려버린 반장은 무슨 생각을 했을까요? 어쩌면 또 느릿한 자신을 미워하게 되진 않았을까요?

타인을 미워하지 않으려면 자신을 미워하지 않아야 한다.

예시로 들려드린 이야기에서는 느릿함이라는 하나의 면모만을 예로 들어 설명드렸습니다. 그러나 우리는 살아가면서 수많은 이유로 상처가 되는 말을 들을 수 있고, 또 스스로를 상처줄 수도 있습니다. 심지어 내면의 상처는 손아랫사람이나 친밀한 사이에서 더 전해지기 쉬운 경향이 있기 때문에 이 세상에서 상처가 대물림된 횟수는 그동안 상처 입어온 사람의 수보다 훨씬 많을지도 모릅니다. 한 명의 사람이 단 하나의 상처만을 가지고 있는 것도 아니니까요. 만약 세상 모든 사람이 하루에 한 번씩만 더 상처에 휘둘리게 된다면 이 세상은 혐오와 통제욕구로 물든 지옥이 되어버릴 것이 분명합니다. 그렇기에 우리는 상처를 자신의 선에서 적당히 끊어내는 법을 배울 필요가 있습니다.

만약 자신이 가지고 있는 상처를 가까운 사람에게까지 물려주고 싶지 않다면 내면에 있는 상처는 스스로 치유해야 합니다. 자기 자신을 미워하는 마음이 타인을 미워하는 마음으로 확장되는 법이니까요. 그런 의미에서 가장 먼저 용서를 구해야 하는 대상은 다른 누구도 아닌 바로 자신입니다. 스스로를 억누르며 함부로 대했으니, 자신에게 가장 먼저 용서를 구해야 하죠. 승려이자 평화운동가인 틱낫한(Thich Nhat Hanh)

은 그의 저서 <화해, Reconciliation>에서 내면에 있는 어린 아이에게 사과하라고 말합니다. 정확히는 오래전부터 억눌러온 탓에 서러워하고 있는 어린 시절의 자신을 발견하고 달래어주라고 하죠. 그는 우리의 내면에 아무것도 모른 채 상처받은 아이가 존재하지만 우리가 그 사실을 잘 모른다고 말합니다. 그만큼 내면의 상처는 무의식 깊이 잠재된 감정과 연결되어 있어서 우리가 평소에 인식하는 것이 어렵다는 이야기입니다. 마치 철수 선생님 본인은 오늘 기분이 나쁜 이유를 그저 아버지가 돈 이야기로 자신의 신경을 긁었기 때문이라고만 생각할 수도 있는 것처럼 말이죠. 그래서 따로 시간을 내어 어떤 경험에 의해서 처음 상처받게 되었고, 자신에 대해 어떻게 생각하게 되었는지를 돌아보는 것이 중요합니다. 그 과정을 통해서 자신이 어떤 면모를 억눌러 왔는지를 발견할 수 있기 때문입니다.

만약 스스로 어떤 부분을 억누르고 있는지를 발견하기 어렵다면 일상생활에서 일어나는 감정을 기록해 보기를 권합니다. 타인이 마음에 들지 않거나 행동을 고쳐주고 싶다는 생각이 드는 순간을 잘 캐치해보세요. 딱 그 시선대로 자기 자신을 바라보고 있을 확률이 높습니다.

가까운 사람과 건강한 관계를 지속하려면 내면에 있는 상처를 관리하는 것은 반드시 수행해야 하는 숙제입니다. 자신이 가진 상처를 잘 알지 못한다는 이유만으로 상처받을 일이 많아지고, 상처줄 일이 많다는 것은 얼마나 슬픈 일인가요. 그러니 소중한 사람에게 미운 마음이 들었다면 오늘 밤 책상에 앉아 오늘 일어났던 나쁜 감정을 조용히 기록해 보세요. 그리고 자신의 과거 또한 기록해 보는 겁니다. 그리고 그 둘 사이에 어떤 상관관계가 있는지 시간을 들여 살펴보세요. 이해했다면 미워하는 것을 그만두세요. 사과하세요. 자신을 먼저 사랑할 수 있어야 타인을 사랑할 수 있다는 말을 기억하세요.

빈 노트에 정직한 대답을 기록해 보세요.

QUESTIONS

Q.14 타인의 어떤 점이 답답하거나 나빠 보이나요?

Q.15 혹시 자신에게도 같은 시선을 보내고 있나요?
그렇다면 어떤 계기에서 시작됐나요?

Q.16 그동안 억눌러온 어린 나에게 사과의 편지를 써보세요.
다음 날 아침에 읽어보세요.

@writer_woody: 상처는 마음을 엄격하게 만든다. 과거에 지적받은 잘못은 상처로 남고, 다시 상처받고 싶지 않았던 탓에 지적받은 행동을 하지 않도록 만들었다.

시간이 흘러 누군가가 똑같은 실수를 하는 것이 보이면 그도 나쁜 사람처럼 보였고, 내가 혼난 것처럼 혼내고 싶었다.

그렇게 상처와 엄격함은 끊임없이 타인에게 전해진다.

누군가는 인생이 이런 식의 엄격함으로 점철되는 것을 어른이 되는 과정으로 보던데, 내가 보기에는 정반대다. 어른은 자신의 어린 시절을 부여잡고 타인에게 상처주지 않는다.

자주 자책하거나 심하게 자책하는 사람?

> 인생의 모든 덫과 함정 중 자기비하가 가장 극복하기 어려운데,
> 이는 우리 스스로 직접 설계하고 파낸 구덩이이기 때문이다.
>
> \- 맥스웰 몰츠

여러분은 가까운 사람이 자주 자책하는 모습을 보이면 어떻게 하시나요? 저는 주변 사람들이 그랬었던 것처럼 상대에게 자책하지 말라는 말을 건네며 위로하려고 했습니다. 한동안은 진심이 담긴 위로가 자책을 멎게 만든다고 확신했습니다. 그러나 얼마 가지 않아 착각이었다는 생각을 하게 되었죠. 제가 위로를 건넨 덕분에 마음의 안정을 찾은 것 같아 보였던 사람들은 언젠가 다시 자책을 이어가고 있었기 때문이었습니다. 심지어 저 자신 또한 타인으로부터 자책하지 말라는 숱한 위로를 받거나 스스로를 독려하기도 했었지만 시간이 흐르고 나면 자책하지 않는다는 약속을 지킬 수가 없었습니다.

자책으로부터 감정을 보호하는 것을 어려워하는 사람은 어떤 이유 때

문에 계속 자책에 빠지게 되는 것일까요? 어쩌면 자책에 빠진다는 표현은 적절하지 않을지도 모릅니다. 자책은 스스로 선택하는 것에 가깝기 때문입니다. 타인에게 비춰지는 자신의 이미지를 과도하게 의식하다보면 자기도 모르게 자책을 가장할 수도 있고, 자신의 추악한 모습을 저주하며 진심으로 자신에게 형벌을 내릴 수도 있습니다.

모든 것을 감내하려는 사람은 늘 자책과 가까이 지낸다.

자책에 유난히 자주 노출되는 사람들은 일상 속에서 지나가는 일을 모두 붙잡아 놓고 잘못 흘러간 부분이 없었는지를 검사하는 경향이 있습니다. 그들이 지나간 과거를 이토록 세밀하게 검사하는 이유는 지나치게 많은 책임감을 발휘하기 때문입니다. 마치 주변에서 일어나는 모든 상황에 대한 책임이 자신에게 있는 것처럼 받아들이고 잘못된 점이 발견되면 속마음으로 '내가 ~했으면 됐을 텐데', '나는 사람들을 위해 적어도 ~를 해야 했어'와 같은 말을 되뇌는 것이죠. 얼핏 보면 반성과 성찰을 중요하게 여기는 사람의 모습처럼 보일 수 있지만 심리학자 스콧 펙은 이런 태도가 신경증을 앓는 사람들의 특징이라고 말합니다. 신경증 환자들은 자신이 책임질 필요가 없는 일마저 책임지려는 경향이 있습니다. 심지어 사회나 주변 사람들이 보내는 기대를 아무 의심 없이 흡수하여 자신의 과제처럼 여기기도 하고, 타인이 겪는 문제를 해결해 줘야만 가치 있는 사람으로 인정받을 수 있다고 생각하기도 합니다. 문제는 주변으로부터 받는 기대를 하나로 모아보면 달성하는 것이 불가능할 만큼 여러 방면에 대한 요구가 되거나 지나치게 높은 수준의 요구가 된다는 점에 있습니다.

가령 주변 사람들보다 비교적으로 많은 사회적 인정을 받음과 동시에 가정적인 배우자가 된다는 것은 무척이나 어려운 일입니다. 그럼에도 불구하고 지나치게 책임감 있는 사람들은 가치 있는 사람으로 남기 위해서 자신의 손에 잡힌 책임을 절대 내려놓지 않으려 합니다. 애석하게도 모든 것을 감내하려는 사람들은 가치 있는 사람으로 남기보다는 이용하기 쉬운 사람으로 남기 쉽습니다. 비록 선택적이겠지만 주변 사람들은 그들이 곁에 있어 주는 상황을 반깁니다. 뭔가 필요하다는 의도를 드러내면 대신 이루어주려 하기 때문이죠.

종국에는 과도한 책임이 당사자의 내면에 불안을 일으킵니다. 달성하기 어려운 목표 쪽으로 스스로를 몰아붙임과 동시에 성공적으로 달성하지 못한 부분을 모두 자신의 탓으로 돌려버리게 되면 자신에게 부족한 점이 있다고 생각하거나 스스로를 나쁜 사람으로 여기게 될 수밖에 없습니다.

자책하는 사람을 향해 침을 뱉지 않는다는 사실을 자책하는 사람들도 알고 있다.

저는 타인이 쥐어주는 책임을 잘 거부하지 못하는 타입의 사람이었지만 쉽게 타인의 뜻대로 움직여주는 사람은 아니었습니다. 전혀 짊어지고 싶지 않은 책임은 자책이라는 방법으로 교묘하게 회피하곤 했었죠. 오랫동안 왜 자책이라는 방법으로 책임을 회피해왔는지를 고민해봤으나 확신할 수 있을만한 답을 내릴 수 없었습니다. 그런데 어느 날 여러 구전 이야기를 떠올려보는 것을 통해 영감을 얻을 수 있었습니다.

구전으로 전해지는 이야기에 등장하는 주인공들에게는 공통점이 있습니다. 그들은 대개 거부할 수 없는 가혹한 운명에 처해 내면적인 갈등을 겪지만 올바른 심성을 가지고 있죠. 한국에서 '금도끼 은도끼'라는 이름으로 전해지는 이야기의 주인공은 유일한 생계수단을 잃어버리고도 가로채기 쉬운 타인의 재산 앞에서 정직함을 선택합니다. '흥부전'의 흥부는 고통스러울 만큼 심각한 가난을 겪지만 자신보다 가여운 존재에 대한 연민을 보여주죠. 재미있는 점은 전승하는 사람의 기억에 따라 이야기의 구체적인 내용이 달라지는 경향이 있음에도 불구하고 전승자들은 정의로운 주인공에게 행복한 결말을 안겨주는 일만큼은 잊지 않았다는 것입니다. 오래전부터 사람들은 어려운 상황에서도 발휘되는 올바른 심성에 인류애적인 지지를 보내온 것이죠.

저는 스스로 책임을 포기하겠다는 선언을 하지만 않으면 구전 이야기의 주인공처럼 행복한 결말을 맞을 수 있다고 생각했던 것 같습니다. 제게 주어진 책임들은 운명이라도 되는 것처럼 스스로 거부하지 못한 탓에 짊어진 것들이었으며, 사회나 타인의 소망이 깃든 방향대로 순응하는 것은 정의롭다고 생각할 만큼 올바른 선택처럼 보였죠. 그러나 정의로운 감상을 가진다고 해서 외부로부터의 기대가 줄어드는 것도, 모든 기대를 충족시킬 수 있을 만큼 강인해지는 것도 아니었습니다. 대신 저의 내면은 어차피 이룰 수 없는(이룰 마음이 없거나) 목표를 이루려고 노력하지 않아도 되는 정당한 방법을 찾아 나섰습니다. 그때 타인에게 자책하는 모습을 보여주면 미움을 사지 않으면서도 책임을 회피할 수 있다는 사실을 무의식적으로 깨닫게 되었습니다. 신기하게도 이 방법은 효과가 좋았습니다. 자책하는 모습을 보여주면 사람들은 저에게 무언가를 강요하려는 기세를 누그러뜨리곤 했죠. 교묘하게 책임을 피해 가는 사람과 진심으로 자책하는 사람은 완전히 다르지만 사람들이 보내는 시선은 비슷한 경우가 많았습니다.

저의 경우에는 인생이 나락으로 추락하던 시기에 자책의 이런 은밀한 면을 자주 활용했습니다. 멋모르던 이십 대 초반 시절에는 가장 좋아했던 사람의 포교로 대부분의 사람들이 사이비로 인식하는 종교단체에 발을 들였었습니다. 지금도 주변 사람들로부터 “왜 그런 곳에 다녔었어?”라는 질문을 받곤 하는데, 전도는 1년간이나 은밀하게 진행되었었고, 십수 명의 관계자가 제 주변을 맴돌며 성격을 분석하고 매일 같이 전략을 짜내어 만든 결과였습니다. 지금도 당시의 상황을 떠올리면 그렇게나 많은 수의 사람들로부터 동시에 관심을 받는 일이 인생에서 다시는 없을 것 같다는 생각을 하게 됩니다. 해당 단체에서는 구성원에게 강조하던 여러 가지 책임이 있었는데, 그중 하나가 바로 전도였습니다. 한 사람당 적어도 한 명을 전도해야 한다는 분위기가 지배적이었고, 전도를 하지 못하면 누군가 뒤통수에서 반쪽짜리 신앙인이라고 조롱하는 것만 같은 느낌이 드는 곳이었죠. 그럼에도 저는 어떻게든 그 책임을 피하고 싶어 했습니다. 상대를 속이면서 접근하는 전도방식을 받아들이기가 너무 어려웠기 때문이었습니다. 저는 저를 관리하는 중간 관리자에게 항상 자책하는 모습을 보여줬었습니다. 자책하는 모습을 보여주면 적어도 노력하고 있다는 이미지를 연출할 수 있어서 전도를 강요받는 상황을 어느 정도 피해갈 수 있었기 때문이었습니다.

만약 자신도 모르게 타인에게 의도적으로 자책하는 모습을 보여주고 있다면 자신이 원하지도 않는 책임을 져야 하는 위치에 있지 않은지를 돌아볼 필요가 있습니다. 지금은 원하지 않는 모든 책임을 정리하고 새롭게 받아들이지도 않고 있지만 그러지 못해서 허비해버린 과거의 시간을 계산하다 보면 자신이 정말 바보같이 살아왔다는 생각을 하곤 합니다. 책임질 마음도 없는 책임을 수용하고 나서 그 대가로 자신을 미워하는 연기를 해야 하는 삶이 얼마나 우스운 모습인가요? 자책을 자처하는 것은 영혼과 시간을 갉아먹는 행동일 뿐입니다.

내면적인 자해

책임을 피하기 위한 보여주기식의 자책이 있는가 하면 자해에 가까울 만큼 깊은 자책도 있습니다. 깊은 자책은 자신을 나쁜 사람으로 규정하고 직접 벌을 내리는 행위입니다.

세상에서 자신의 추악한 점을 가장 많이 알고 있는 사람이 누구라고 생각하나요? 아마 자기 자신일 것입니다. 타인에게는 결코 들키고 싶지 않은 사건들조차 자신만은 기억하고 있기 때문입니다. 혼자 있을 때 얼마나 게을렀는지, 자신의 어떤 면이 가장 무능력한지, 얼마나 탐욕스러운지, 언제 거짓말로 타인을 속였으며, 이기적인 마음 때문에 어떤 부당한 짓을 감수했었는지, 표현하지는 않았지만 누군가의 삶이 파괴되어버렸으면 좋겠다고 생각한 기억마저 스스로 모른 척할 수는 있지만 모를 수는 없습니다. 그렇기에 **누구나 마음 한편에 수치스러운 모습의 자신에게 벌을 내리는 심판대가 존재**합니다. 이 심판대는 모멸감으로 장식된 작은 지옥이자 아무리 고통에 울부짖어도 비명이 외부로 새어나가지 않는 외로운 독방입니다. 대부분은 자신에 대한 부정적인 면이 존재한다는 것 자체를 감추고 싶어 하기에 **스스로를 미워해야 할 증거로 활용할 뿐 외부 세상에는 잘 공개하지 않기 때문**입니다.

수치스러운 경험으로 인해 자신에 대해 부정적인 믿음을 가지게 되면 문제 삼지 않아도 되는 상황에서마저 자신을 미워하는 일이 일어납니다. 가령 저는 어린 시절에 친구들로부터 재미없는 사람이라고 조롱당하고 나서 충격을 받은 나머지 '나는 재미없어서 부족한(부정적인) 사람이다'라고 생각하며 오랫동안 자신의 재미없는 면을 미워했었습니다.

그 뒤로도 다른 사람이 볼 때는 별 탈 없이 일상을 잘 보낸 것 같은 날에도 집으로 돌아와 침대에서 홀로 이불을 씹으면서 '멍청아, 왜 그렇게 재미없는 말을 했어?', '젠장, 그렇게 심심하게 대답하는 게 최선이었냐?'라며 자신을 비난하는 일이 무척 많았습니다.

내면적인 자해를 멈추려면 자신을 무엇과 동일하게 바라보고 있는지를 깨달아야 합니다. 종이와 펜을 꺼내들고, 긍정적인 것이든 부정적인 것이든 간에 자신이라고 생각되는 단어를 모조리 적어 나열해 보세요. 우리는 살아가면서 수많은 외부의 개념들을 자신과 동일한 것으로 간주하곤 합니다. 흔히 동일시되는 것은 직업, 역할, 신체, 이름, 성격, 이미지, 외모, 부, 성적 등입니다. 자신으로 생각되는 것을 모두 나열했다면 아래의 문장의 빈칸에 하나씩 넣어보세요.

나는__________(이)다.

그리고 빈칸에 들어가는 단어가 더 이상 여러분을 대표할 수 없게 되는 미래를 떠올려보세요. 그 미래에서도 여러분은 여전히 존재하고 있나요? 그렇다면 빈칸에 들어간 단어는 '나'라고 설명할 수 없는 단어입니다. 가령 여러분의 직업이 경찰관이라면 퇴직을 한 후에 자신이 존재하는 것이 불가능한지를 의문해 보는 것입니다. 똑같은 방법으로 '나는 재미없는 사람이다'라는 문장을 시도해볼까요? 아마도 유머를 조금 배운다고 해서 자신의 존재가 뒤틀리거나 하진 않을 것입니다. '재미없는 사람'이라는 것은 그저 동일시하고 있던 특성일 뿐 '나'라고 할 수 있는 개념이 아닌 것이죠. 잠깐, 그런데 나라고 할 수도 없는 것 때문에 굳이 나를 미워할 필요가 있을까요? 자책을 할 때 일어나는 실수가 바로 여기에 있습니다. 우리는 자신이라고 말할 수도 없는 것을 자신으로 믿고 스스로에게 압력을 가하곤 합니다. 빈칸에 어떤 것이든 넣어보세요. 아마 여러분 스스로를 미워할 수 있는 마땅한 이유는 찾을 수 없을 것입니다.

빈 노트에 정직한 대답을 기록해 보세요.

QUESTIONS

Q.17 굳이 짊어질 필요가 없는 책임은 무엇인가요?
하나를 정해서 버려보세요.

Q.18 나는 어떤 상황에서 자책하나요?

Q.19 자신이 용서받기 어려운 면이 무엇이라고 생각하나요?

Q.20 나는 누구인가요?

'자책은 하지 않겠다'는 결심보다

'해야 하는 일은 한다'라는 결심이

자책을 하지 않지 않도록 도와주었다.

간절한 꿈이 있어도 걱정이 많아서 포기하게 돼요.

우리는 왜 예측하는가? 어떤 결과를 피하거나 이용하기 위해서다.
- 개빈 드 베커

자신이 모자란 사람이라고 느껴지지 않도록 만들어주는 습관 중에 가장 쉽게 들일 수 있는 습관은 무엇일까요? 아침에 눈을 뜨자마자 이부자리부터 가지런하게 만들기? 거울을 보며 자신에게 괜찮은 사람이라고 말해주기? 수많은 좋은 습관들이 인터넷에 진열된 자기계발서와 강의에 이미 소개돼있습니다만 누군가가 가르쳐주지 않더라도 모두가 알고 있는 습관이 하나 있습니다. 심지어 이미 실천하고 있는 경우도 많죠. 바로 새로운 것을 전혀 시도하지 않는 것입니다.

자신의 이미지를 생각하는 사람은 결국 성공할 수가 없다.

많은 사람들이 뭔가에 새롭게 도전하는 시도를 꺼리곤 합니다. 대부분의 새로운 도전은 시작 부분이 성공적이지 못하고 사람들은 그런 상황을 견디기 어려워하기 때문입니다. 주변을 살펴보면 실패라는 것이 얼마나 부정적으로 받아들여지고 있는지를 체감할 수 있습니다. 심지어 관심이 가는 분야가 있더라도 자신이 그것을 잘하지 못하기 때문에 시도하지 않겠다고 말하는 경우도 많죠. 실패가 가진 이미지를 나쁘게 느끼면 자신이 실패를 겪게 되는 경우를 생각하지 않을 수 없습니다. 어쩌면 실패가 가진 나쁜 이미지가 자신에게서 풍겨질 수도 있다는 걱정이 일어나는 것일지도 모릅니다.

많은 사람들이 아무 시도조차 하지 않음으로써 실패하지 않으려는 습관에 노출되곤 합니다. 저의 경우에는 이 나쁜 습관을 인간관계에 안고 갔었습니다. 모든 사람으로부터 인정과 애정을 받고 싶었던 중학교 시절의 저는 함께 시간을 보내는 친구들이 항상 정해져 있었습니다. 기존에 함께 잘 지내는 친구들이거나 저처럼 누구에게나 친절하게 행동하는 친구들이었죠. 새로운 관계는 가급적이면 맺지 않으려고 했었습니다. 새로운 관계를 갖는 것은 저를 좋아하지 않는 사람을 만날 수도 있다는 위협적인 가능성을 감수해야 하는 일이었으니까요. 저로서는 기존의 관계에만 집중하는 것이 인간관계에서 실패하지 않는 방법처럼 보였었습니다. 그때를 생각하면 평소 자신에 대해 이렇게 평가했었던 기억이 어렴풋이 떠오릅니다. '나는 넓고 얕은 인간관계보다는 좁고 깊은 인간관계를 맺는 편이 훨씬 잘 맞는 것 같아'

심리학 용어 중에 인지부조화라는 말이 있습니다. 인지부조화는 실제 현실과 자신의 믿음 사이에 괴리감이 느껴지는 것을 말합니다. 인지부조화에 대한 여러 실험에 따르면 사람들은 자신이 믿는 것과 실제로 보이는 것 사이에 뭔가 일치하지 않는 점이 보이면 불편함을 느낍니다. 그렇기에 인식한 불일치를 없애려고 하는 경향을 보이게 되죠. 쉽게 말해서 사람들은 자신이 믿는 것이 현실이길 바랍니다.

인지부조화를 없애는 시도로 주로 두 가지 방법이 선택됩니다. 그중 한 방법은 자신의 신념에 맞게 현실을 바꾸는 것입니다. 만약 자신이 능숙하게 일할 수 있게 되면 좋겠다고 생각하는 초보 종업원이 열심히 노력함으로써 실력을 인정받게 된다면 현실을 바꿔버리는 방법으로 인지부조화를 깨뜨렸다고 볼 수 있죠. 대신 이 과정은 시간과 노력이라는 투자가 필요한 까다로운 작업입니다. 점진적으로 실패에서 멀어지겠지만 어쨌거나 그 과정에는 수많은 실패가 필요하죠. 그렇기에 까다로운 것을 싫어하거나 실패하는 것을 견디기 힘들어하는 사람은 반대의 방법으로 인지부조화를 해결하려는 경향을 보입니다. 바로 자신의 신념을 바꿔버리는 것입니다. 이솝우화의 신포도 이야기가 이를 재미있게 표현했습니다. 우화에 등장하는 여우는 포도가 너무 먹고 싶었지만 워낙 나무 높이 걸려 있는 탓에 먹을 수 없게 되자 자신의 신념을 바꾸기로 결정합니다. 애초에 저 포도가 시고 맛이 없는 포도이기에 굳이 포도를 따먹으려고 노력할 필요가 없다고 믿기로 한 것이죠. 마치 새로운 인간관계가 무서워서 자신의 성격까지 단정해버린 중학생 시절의 저처럼 말이죠.

실패를 싫어하는 사람은 생계가 달려있는 상황처럼 절박한 경우가 아니라면 여우처럼 허상을 정당화하는 방법을 선택하기 쉽습니다. 자신의 자존심을 깎지 않으면서 실패도 하지 않는 방법이니까요. 우리는 흔히 이를 핑계라고 부릅니다. 그렇다면 핑계라는 이름의 합리적이지 않은 정당화와 멀어지려면 어떻게 해야 할까요? 만약 자신이 지나치게 새로운 시도를 피하고 있다는 것이 느껴진다면 자신이 무엇을 예측하지 못하고 있는지를 고민할 필요가 있습니다.

전 세계 우울한 남성들의 영웅으로 불리는 심리학자 조던 피터슨(Jordan B. Peterson)은 <12가지 인생의 법칙, 12 RULES FOR LIFE: AN ANTIDOTE TO CHAOS>에서 혼돈을 '무시무시한 자유'라고 표현합니다. 질서와 대비되는 혼돈은 변화라는 가능성을 품고 있지만 예측하기 어려운 변화는 우리에게 위협적으로 느껴지기 때문입니다. 예부터 지금까지 사람들은 예측하지 못하는 것에 대해서 두려움이라는 감정을 품어 왔습니다. 예컨대 자연현상에 앞에서 무력하기만 했던 시기의 사람들은 천둥과 번개가 일어나면 하늘의 진노하는 신을 상상하며 두려워했었습니다. 지구를 한 바퀴 이상 돌아본 적이 없었던 시기의 사람들은 수평선을 넘어가면 다시는 되돌아올 수 없는 영원한 낭떠러지가 있다고 믿기도 했죠. 그래서 대부분의 배는 알려지지 않은 바다로 넘어가지 않으려 했습니다. 잘 알지 못한다는 상황은 두려움을 만들었고 두려움이라는 감정이 존재하지도 않는 무서운 상상을 떠올리게 만들었던 것이죠. 오늘날도 가로등 없이 홀로 걷는 밤길은 여전히 무섭고, 어떤 사람이 있을지 모르는 첫 직장의 첫 출근은 긴장되기 마련입니다. 시대에 따라 두려움을 품게 하는 대상은 많이 달라졌지만, **예측하지 못하는 것 대해서 두려움을 품는다는 법칙만은 달라지지가 않았습니다.** 그렇기에 꼭 이루고 싶은 목표를 가지고 있음에도 이런저런 핑계로 자꾸 미루고 있다면, 그저 정해지지 않은 미래와 도전을 앞두고 있기 때문이라는 의심을 가져볼 필요가 있습니다.

다르게 생각해 보자면 우리가 예측을 하고 예측의 결과를 받아들이게 되는 순간부터 두려움은 걷히게 됩니다. 두려움만 걷히게 되면 나아가는 것은 별 문제가 되지 않습니다. 만약 실패를 처음부터 예상하며 받아들일 수 있게 된다면 어떤 변화가 일어나게 될까요? 적어도 무서워서 아무것도 하지 않는 일은 일어나지 않게 됩니다.

우리는 모두 삶이라는 신화 속의 주인공이다.

새로운 도전을 무서워한다는 점에서 우리는 모두 신화나 소설 속의 주인공과도 같습니다.

조셉 캠벨(Joseph John Campbell)은 전 세계의 신화를 섭렵한 신화학자입니다. 그는 동서와 고금을 막론하고 모든 이야기의 영웅적 인물들 사이에 놀랄 만큼 많은 공통점이 있다는 것을 발견했죠. 그의 저서 <천의 얼굴을 가진 영웅, THE HERO WITH A THOUSAND FACES>에서 캠벨은 모든 영웅들의 서사에 일정한 레일이 있다고 말합니다. 그리고 무척 자주 등장하는 구간이 영웅이 여정을 두려워하거나 거부하는 장면이죠. 예컨대 구약성경에 등장하는 요나는 신의 명령을 거부합니다. 조국을 떠나 동쪽의 아시리아라는 이민족의 나라에 가서 예언을 전하라는 계시를 듣지만 반대 방향인 서쪽으로 가버리죠. 석가모니는 진리를 깨달았음에도 속세에 자신의 깨달음이 받아들여질 수 있을지를 확신하지를 못해 주저했으며, <스타워즈>의 주인공 루크는 은하 제국에 맞서기 위해서 고향인 타투인을 떠나자는 제안을 거절합니다. <겨울왕국2>에서 엘사는 자신에게만 들리는 정체불명의 목소리를 애써 무시하려 하죠. 평화로운 일상이 깨어질 것 같다고 느꼈기 때문입니다.

현실 속의 이야기든 가상의 이야기이든 위대한 길을 걸어가는 인물의 이야기에는 늘 새로운 여정에 대한 두려움이 등장합니다. 아이러니한 점은 우리가 직접 여정을 결정하는 것을 두려워하면서도 두려움에 맞서고 의미 있는 결정을 내리는 영웅들에게는 무척 매력을 느끼며 심지어 부러워한다는 사실입니다. 우리가 서사의 주인공과 실제로 성공한 사람들의 이야기를 흥미로워하는 이유는 이들의 이야기가 사실 우리들의 이야기와 크게 다르지 않기 때문입니다. 그리고 우리의 마음에도 위대한 무언가를 이뤄내고 싶은 바람이 자리하기 때문이기도 하죠.

그들처럼 인생에서 매력적인 일을 일으키려면 여정을 자발적으로 받아들여야 합니다. 모든 이야기의 성공은 여정을 받아들임으로써 그리고 그 과정에서 수많은 실패를 받아들임으로써 시작하니까요. 이야기 속 주인공들의 대부분은 자신이 모험을 하기에는 굉장히 연약하다는 것을 알고 있습니다. 그럼에도 불구하고 여정을 받아들이죠. 대신 위대한 스승이나 동료의 도움을 받으며 성장하고 어려움을 헤쳐 나가게 됩니다. 그런 꿈같은 일이 현실에서 일어날 수 있을지 의심스러울 수 있습니다만 다행히도 오늘날에는 전설적인 인물과의 운명적인 조우를 바라지 않아도 나를 가르쳐줄 수 있는 사람, 나와 같은 길을 가려는 사람들을 만날 수가 있습니다.

우리는 가끔 정답을 정해두고 삶을 바라보려는 경향이 있습니다. 예측이 가능한 긍정적인 미래를 그려 성공이라 바라보고, 그 성공에서 멀어질수록 실패라고 생각하곤 하죠. 문제는 세상 사람들이 정해놓은 긍정적인 모습이 한둘이 아니라는 사실입니다. 돈도 잘 벌어야 하고, 결혼생활도 잘해야 하고, 그럴듯한 집에서 살면서, 직장에서도 인정받아야 합니다. 그렇기에 성공적인 삶을 구축하려고 애쓰다 보면 미래에 그려둔 결과가 짐처럼 부담스럽게 느껴지고 그 무거움에 마음이 매몰되는 일이 일어나곤 하죠. 심지어 그 과정에서 자신이 진정으로 원하는 삶은 쉽게 잊혀지곤 합니다. 조금만 더, 잘 살펴보면 예측 가능한 긍정적인 미래라는 것들은 주변 사람들이 정해준 경우가 많다는 것을 알게 됩니다. 어렸을 때부터 추구해야 하는 것들이라고 교육받았기에 의심 없이 받아들인 환상들이 대부분이죠. 성공에 가깝다고 여겨지는 삶을 이뤄냈을지라도 그다지 기쁘지도 않고, 오히려 허무함과 무력감을 호소하며 살아가는 사람들이 나타나는 이유는 여기에 있습니다.

무기력한 삶이 만들어지는 이유는 나아가는 방향을 자신이 정하지 않았기 때문입니다. 남들이 말하는 대로 성공적인 삶을 살아내는 것이 아니라 정말 후회 없는 삶을 살고 싶다면 자신이 언제든지 죽을 수 있다는 사실을 상기할 필요가 있습니다. 저는 후회 없이 살고 싶다는 마음이 간절하지만 그럼에도 가끔은 자신의 결정을 의심하고, 예측할 수 있는 안전한 길로 가고 싶다는 마음과 마주하곤 합니다. 그래서 셀 수도 없이 많은 희생을 감수하면서까지 정성으로 보살핌을 베풀어준 준 조모의 금반지를 녹여 만든 제 반지에 '메멘토 모리(Memento mori)'라는 라틴어 단어를 각인해두었습니다. 그 반지를 항상 손가락에 끼고 다니죠. 이 단어를 직역하자면 '너는 언젠가 죽는다는 것을 기억하라'는 의미입니다.

우리가 무엇을 이뤄내고 누리든 간에 죽게 되면 전부 의미를 잃어버릴 뿐입니다. 반지에 새겨진 단어는 자신이 누릴 수 있는 것이 삶이라는 한정된 시간과 한정된 시간 속의 경험뿐이라는 것을 매 순간 상기시켜 줍니다. 여러분은 어떠신가요? 지금 자신에게 이런 질문을 던져보세요. '지금 내가 가고 있는 길의 방향은 죽음 직전에 떠올렸을 때 참 좋았다고 기억될만한 길인가?'

빈 노트에 정직한 대답을 기록해 보세요.

QUESTIONS

Q.21 여러분이 피하고 있는 도전이나 여정은 무엇인가요?

Q.22 나에게는 어떤 핑계가 있나요?
혹시 어떤 도전을 피하는 용도로 이용하고 있나요?

Q.23 객관적으로 분석했을 때 자신만의 길을 걸어갔을 때의 최악의 결과는 무엇인가요?

Q.24 내가 가고 싶은 길을 가려면 누구를 찾아가서 무엇을 배워야 하나요?

실패해서 주눅 들까봐

아무것도 하지 않았더니

아무것도 하지 않았다는

사실에 주눅 들었다.

2장

마음에 대한 오해를 걷어내는 법

우리는 자신의 마음에 대해서 오해하곤 한다. 큰 효과가 없다는 것을 매번 확인하는데도 불구하고, 명령하듯이 마음을 억누르기도 하고, 시간과 위로가 모든 감정적인 어려움을 해결해줄 것처럼 살아가기도 한다. 마음을 성공적으로 다스리기 위해서 우리는 어떤 선택을 내려야 하는가?

의사가 타인의 병증에 대해 조언하고 치료할 수 있는 이유는 병이 어떤 방식으로 악화되는지를 이해하고 있기 때문이다. 똑같이 마음의 병도 어떤 방식으로 악화되는지를 이해하면 치료할 수 있다. 다만 마음에는 의사가 물리적인 칼을 댈 수가 없다. 그렇기에 예리하고 냉철한 의식으로 스스로의 내면을 가르고 분해하여 봉합하여야 한다. 그러지 않으면 평생 보이지 않는 피를 흘리며 살아갈지도 모르는 일이다.

마음은 우리 안에 존재하기 때문에 마음을 오해하고 있다는 것은 자기 자신을 오해하고 있다는 신호와도 같다. 마음이 마음처럼 움직여주지 않는다면 마음에 대해서 거창하고 그럴듯하게 설명해놓은 이론보다는 자기 자신에 대해서 확인해볼 때이다. 오직 자기 자신만이 내면의 의사가 되어줄 수 있다.

나를 배려하지 못하고 있지 않은가?

똑바로 서라, 그러지 않으면 똑바로 세워져야만 할 테니까.

- 마르쿠스 아우렐리우스

한꺼번에 얻을 수도 있고, 한꺼번에 잃을 수도 있는 것들

돈과 명예는 좇을수록 멀어진다는 유명한 격언이 있습니다. 살면서 한 번쯤은 듣게 되는 이 격언이 제게는 꽤 흥미롭게 다가왔습니다. 돈과 명예라는 두 가지 가치 사이에 공통점이 존재한다면 뭔가 재미있는 비밀이 숨겨져 있을 것 같다는 생각이 들었거든요. 그리고 오래지 않아 이와 같은 공통점을 공유하는 가치들이 더 있을 수도 있겠다는 호기심이 들었습니다. 저는 좇을수록 멀어지게 되는 가치에는 어떤 것들이 더 있을지를 고민해 보았습니다. 그리고 그 가치들을 나열한 뒤 '신기루 목록'이라는 이름을 붙였습니다. 무작정 좇으면 오히려 멀어지게 된다는 가설이 성립되는 재미있는 리스트였죠. 그 리스트는 다음과 같습니다.

돈	**명예**	**애정**	**인정**
질서	**안락**	**이상향**	**안정(감정적인)**
통제	**행복**	**즐거움**	**완벽(주관적인)**
호의	**평등**	**존경**	**경쟁이 주는 보상**

예컨대 부자가 되려면 사람들이 필요로 하는 것을 어떻게 잘 제공해줄 수 있는지를 고민해야 합니다. 그것이 사람들의 지갑을 여는 방법이기 때문입니다. 그러나 지나치게 돈만을 바라보면 돈을 아끼는 방법만 고민하는 평범한 구두쇠가 되어버리기 쉽습니다. 또한 존경을 받으려면 사람들을 향해 귀를 열어야 합니다. 상하에 있는 관계라 할지라도 주고받는 것이 있으며, 윗사람조차 아랫사람의 지지가 필요한 법이죠. 하지만 지나치게 자의식에 빠져버리면 그저 입만 열어놓은 꼰대가 되어버리고 맙니다. 오랜 시간 동안의 지나친 통제는 저항을 낳기 마련이며, 편안함만을 바라는 탓에 문제를 피하다 보면 시간의 흐름에 따라 문제 자체가 몸집을 키우거나, 또 다른 심각한 문제와 마주하기 마련입니다. 그런데 최근에는 이 신기루 목록에 하나의 가치를 더 추가해야 할 것 같다는 생각이 들었습니다. 바로 자존감입니다.

존중은 사랑으로 하는 것이지 미움으로 하는 것이 아니다.

요즘은 자존감에 대한 관심이 참 뜨거운 시기입니다. 인터넷에서 자존감을 검색하면 '자존감 높이는 법'이라는 제목의 질문이 매일 새롭게 업로드되어 있고, 자존감에 대한 수많은 강의들이 수강신청을 기다리고 있죠. 그러나 자존감 높이는 법을 따라한다고 해서 과연 자존감을 끌어올릴 수 있을지에 대해서는 의구심이 듭니다. 신기루라는 이름처럼 환상과 같은 것을 직접 좇는 것이 그리 좋은 방법이 아니라고 느꼈기 때문입니다. 만약 자존감에 대한 아무런 이해도 없이 자존감을 좇는다면 오히려 자존감이 크게 추락해버리거나 평생 '당신은 괜찮은 사람입니다'라는 식의 위로에 의존하며 살아가야 할지도 모릅니다. 신기루 목록의 다른 가치들이 그러하듯이 가치 자체를 목표로 삼아버리면 목표를 이루는 바람직한 실천 방법이 보이지 않기 때문입니다.

신기루 목록에 있는 가치들은 신기하게도 얻어내는 방법에서도 공통점을 보입니다. 사람들에게 무언가를 기여하는 방법을 통해 얻어지죠. 사람들에게 의미 있는 도움을 주기 시작하면 원하지 않더라도 신기루 목록의 가치들이 우리에게 찾아듭니다. 즉 신기루 목록의 가치들은 좀 더 개인적이면서도 이타적인 목적을 향할 때 얻을 수 있는 가치들입니다. 자신이 중요하게 여기는 것을 명확하게 알고, 그 방향대로 **세상을 좀 더 좋은 곳으로 만들어 갈 때 저절로 따라오는 상징**과도 같은 것이죠. 그래서 돈을 따로 좇고, 명예를 따로 좇으며 사랑을 따로 좇는 것은 그리 좋은 방법이라 할 수 없습니다. 그저 자신이 원하는 방식으로 세상을 좀 더 살기 좋은 곳으로 만들어 가면 돈도 명예도 사랑을 베풀어 줄 기회도 찾아오기 마련이죠.

좇을수록 멀어지기 쉽다는 점에서 자존감도 신기루 목록에 들어간다고 생각합니다. 그런데 자존감을 높이고 싶다는 여러 하소연의 배경을 듣다 보면 자신에 대해 잘 알고 싶다거나 세상을 좋은 곳으로 만들고 싶다는 뉘앙스는 좀처럼 찾아보기가 어렵습니다. 대부분은 그저 타인

앞에서 불안하지 않고, 당당해지고 싶다는 바람을 자주 엿볼 수 있을 뿐이었죠. 만약 높은 자존감 또한 신기루에 불과하다면 이처럼 자존감 자체를 좇는 것은 성공적인 결과를 안겨주지 못할 것입니다. 무엇보다도 자존감이 낮은 자신을 바꿔버리고 싶다는 의도에 존중심이 없는 경우가 너무 많습니다.

자존감의 이름을 길게 늘여 부르면 '자아 존중감'으로 표현됩니다. 자신의 존재를 있는 그대로 존중한다는 의미이죠. 그런 점에서 자존감이 낮아서 고민이라는 말에는 좀 모순적인 느낌이 있습니다. 자존감이 낮은 자신을 고쳐야 한다는 태도에서 자신에 대한 존중심이 전혀 느껴지지 않기 때문입니다. 심리기술 코치인 코치 알버트는 책 <착한 갑이 되는 기술>에서 스스로를 도구나 장애물로 취급하게 되는 태도를 조심하라고 말합니다. 그는 우리가 어떤 틀을 가지고 세상을 바라본다고 설명합니다. 바로 모든 대상을 도움이 되는 도구와 방해가 되는 장애물로 구분하는 인식의 틀입니다. 그리고 그 틀을 기준으로 대상의 가치를 판단할 수 있죠. 그런데 때로는 자기 자신마저 그 틀을 통해 바라보기도 합니다. 좋은 기능을 가졌으면 자신을 가치 있게 바라보고, 나쁜 기능을 가졌으면 자신을 가치가 없다고 취급하는 것이죠. 이런 태도에 깊이 빠지게 되는 것은 자존감에 치명적인 악영향을 미치게 됩니다. 자존감이 낮다면 낮은 자존감이라는 자신의 한 면모를 장애물로 바라보게 되며, 어떻게든 높은 자존감을 갖게 된다 하더라도 아슬아슬한 상태에 머물기 때문이죠. 만약 스스로를 존중할 수 있는 이유를 어떤 탁월함에서만 찾으려 한다면 당사자의 자존감이 무너지는 것은 시간문제입니다. 상대적으로 자신보다 뛰어난 사람과 마주하거나 자신이 더 이상 탁월하다고 느끼지 못하게 되면 자신을 가치 없는 사람으로 취급하게 될 테니까요.

그렇기에 우리는 어떤 능력을 얼마나 가지고 있든지 간에 존중받아 마땅하며, 존재 자체로 가치 있다는 사실을 상기할 필요가 있습니다.

자신에 대한 소중함이란 낯선 느낌일지도 모르겠습니다. 우리 사회에는 자신의 못난 점은 억누르고, 좋은 점만을 드러내려고 하는 분위기가 곳곳에 만연하기 때문입니다. 살아가다 보면 우리는 많은 역할을 맡게 됩니다. 자식, 학생, 직업, 부모, 연인, 친구 등 수많은 역할이 존재하죠. 그리고 내가 맡은 역할과 긴밀하게 연결되어 있는 주변 사람들은 날카로운 잣대로 우릴 판단하곤 합니다. 그 잣대들은 우리를 긍정적인 부분과 부정적인 부분을 칼로 자르듯이 나누고 항상 역할답게 행동하기를 기대합니다. 문제는 역할 자체와 역할을 짊어진 사람을 동일하게 바라보려는 착각에서부터 일어납니다. 역할을 짊어진 사람이 기대에 미치지 못하는 모습을 보여주면 당사자의 행동이 아닌, 당사자 자체가 잘못되었다고 단죄하는 일이 일어나는 것이죠. 물론 바람직한 삶을 살기 위해서는 단점을 보완하고 장점을 키우려는 욕구가 반드시 필요합니다. 그러나 지적의 방향이 사람 자체를 향하게 되면 지적을 받는 당사자의 자존감을 크게 추락시킬 위험이 있습니다. 타인의 지적 앞에서 마치 자신의 가치가 떨어지는 듯한 경험을 하기가 쉽기 때문입니다.

단점을 고치고 장점을 키우는 태도는 사람 자체가 아니라 어디까지나 사람이 보여주는 행위나 기술을 향해야 합니다. 가령 스포츠나 요리, 건설현장의 작업에서도 일정한 성과를 내기 위해서 지켜지는 검증된 법칙이 존재한다는 사실을 우리는 알고 있습니다. 그래서 기술이라는 범위 안에서만 통용되는 검증된 법칙을 기준으로 자신의 좋은 점과 나쁜 점을 구분할 수가 있죠. 그러나 인생은 한 분야의 기술보다 훨씬 넓고 복잡한 무대이며, 검증된 법칙 따위도 존재하지 않습니다. 삶을 단순히 좋은 인생과 나쁜 인생으로 나누기에는 단 한 사람의 인생마저도 무척 복잡합니다. 게다가 우리는 성과를 위해서만 존재하는 것이 아닙니다. 존재하면 그저 존재하는 것이지 무엇을 위해 존재하는 것은 아닙니다. 만약 자신의 존재 자체를 좋은 점과 나쁜 점으로 나누고 있는 사람이 있다면 당사자는 특정 분야에서 검증된 법칙을 마치 삶의 법칙이라도 되는 것처럼 떠받들고 있을 확률이 높습니다. 이는 자신을 존중하는 것과는 거리가 먼 태도입니다. 슬프게도 세상에는 나름대로의 삶의 법칙을 떠받들고 살아가는 사람이 많기 때문에 그들이 가진 시선에 저항할 수 있는 면역력을 기를 필요가 있습니다. 그리고 그 시작은 자신을 있는 그대로 존중하는 것에서 시작하죠. 행복한 삶을 위해 먼저 필요한 것은 유용성보다는 자신에 대한 존중심입니다.

자존감의 시작은 자신의 존재를 좋은 부분과 나쁜 부분으로 구분 짓지 않는 태도에서 시작합니다. 자신을 좋은 부분과 나쁜 부분으로 나누다 보면 부족한 부분을 메우려다가 생기는 삶의 균열을 마주하게 될지도 모릅니다. 만약 진정한 자기존중을 실천하기로 결심했다면 자기 자신에 대해 나쁘게 여기고 있는 점에 주목하고 거부감을 거두어야 합니다. 인정하고 싶지 않은 점이 있더라도 '아하, 내가 스스로에 대해서 이렇게 생각하고 있구나'라는 마음으로 시작해보는 것이죠. 즉 자존감을 높이고 싶다면 자존감 자체에 집착하지 않아야 합니다. 자신이 어떤 단점을 가지고 있든지 간에 스스로가 원하는 성장의 방향을 정하고, 그 방향대로 사회에 좋은 영향을 줄 수 있게 된다면 자신을 존중하는 일은 저절로 일어나게 될 것입니다.

빈 노트에 정직한 대답을 기록해 보세요.

QUESTIONS

Q.25 자신의 어떤 점이 고쳐야 할 부분이라고 느껴지나요?

Q.26 고쳐서 얻고 싶은 결과가 무엇인가요?

Q.27 내가 원하는 결과에는 진정성이 담겨있나요?
아니면 단지 반대의 경우가 싫은 건가요?

@writer_woody: 이제는 일상이 되어버린 혼밥이라는 시간을 바라보며 자신에게 조금은 미안한 마음이 들었다.

나는 누군가에게 식사를 대접할 일이 있으면 분위기가 좋고, 좋은 음식을 내어놓는 식당을 찾아내고야 만다.

반면 혼자서 식사를 할 때 들어가는 호의는 라면에 터뜨리는 계란과 냉동만두 서너 개 정도면 아주 잘 쳐준 셈.

어쩌면 오랫동안 나 자신도 대접받아야 하는 사람이라는 사실을 잊어버린 것이 아닌지 생각해본다. 그런 의미에서 내일은 적어도 나에게 따끈한 밥을 대접해주자.

어른은 달달한 음식을 싫어한다.

중독은 저 멀리 존재하는 어떤 것이 마음속의 공허를 즉각 채워 줄 것이라는 희망에서 시작된다.

- 장 킬본

사람은 언제부터 어른이 된다고 생각하시나요? 스무 살부터라고 생각하시는 분도 계실 것 같고, 부모가 되는 순간부터라거나 또는 말하고 싶은 것을 가볍게 말하지 않게 되는 순간부터 어른이 된다는 의견을 가진 분도 계실 것 같습니다. 개인적으로는 스스로를 통제할 수 있을 때부터라고 여기고 있습니다. 재미있게도 이 견해는 어린 시절에서부터 이어져 온 것인데, 간식을 먹을 기회가 있을 때마다 어른들이 보여준 행동에 대한 기억들이 많이 얽혀 있습니다.

어린 시절의 저는 어른이 되면 고도의 자기 통제 능력을 발휘할 수 있다고 생각했습니다. "어른들은 그런 거 안 좋아한다"고 말하며 너무나도 맛있는 햄, 과자와 달콤한 빵을 마다하는 것이 저의 시선에서는 고고해 보이기도 하고, 다소 난해해 보이기도 했던 것이었죠. 그래서 '어른이 되면 뭔가 달라지는 점이라도 있는 걸까?'라는 고민을 자주 하기도 했었지만, 보통은 '나야 좋지 뭐'라며 결론을 미뤄왔었습니다. 맛있고 달달한 음식을 어른들이 마다하는 이유는 시간이 훌쩍 지난 뒤에야 부분적으로나마 이해할 수 있었습니다. 많은 어른들이 맛보다는 건강에 초점을 두고 음식을 먹는다는 사실을 알게 된 것이었죠. 심지어 좋은 음식 먹으면 건강해지는 느낌을 받아서 자꾸 찾게 된다고 말하거나 '건강한 맛이 맛있다'는 확고한 주장을 가진 분도 만날 수 있었습니다. 물론 나이가 들어감에 따라서 입맛이 바뀌는 탓도 있겠지만, 음식을 적절하게 가려 먹지 않으면 하루의 일정이 버거워질 만큼 아무 힘도 남지 않게 된다는 사실을 체감하며 스스로도 납득하게 되었습니다. 그렇기에 어린 시절에는 결론 내리지 못했던 고민에 대한 대답도 자연스럽게 떠올랐습니다.

아마 어른으로 불리는 사람들은 짊어진 책임을 중요하게 여기는 것 같습니다. 어떤 방식으로든 오늘을 너무 과도하게 즐겨버리면 당장 내일의 출근길이 너무 힘들고, 업무에 지장이 생기는 것을 알기 때문에 자제력을 발휘한다고나 할까요? 그러니 어른들이 달달한 것을 거부하는 행동은 음식에 국한하여 생각할 수 없는 이야기였습니다. 인생의 달콤한 면에만 빠져 있기에는 건강이 예전 같지도 않고, 짊어진 책임의 무게가 가볍지도 않았던 것이죠.

오랜 고민을 끝내 후련했지만 동시에 조금의 서글픔이 밀려왔습니다. 아직도 어른이 되지 못한 것 같다는 느낌이 들었기 때문이었죠. 당장의 쾌락과 중독에 빠져 있던 과거들이 눈에 밟히기 시작했고, 그와 동시에 어린 아이처럼 책임을 회피하고 싶어 하는 자신을 덩그러니 마주해야 했습니다.

인생의 달달함은 어떻게 독이 되는가

짊어진 책임을 가장 우선순위에 둔 사람을 어른으로 정의한다면, 아무래도 아이라는 단어는 책임을 피하는 사람을 의미하게 될 것입니다. 우리는 성인이 되어서도 아무런 책임을 지지 않으려는 사람을 보고 '철부지'라며 아이 취급을 하곤 하죠. 하지만 여느 아이들이 서둘러 어른이 되고 싶어 하는 것처럼 철부지들의 마음에도 번듯하게 한 사람의 몫을 감당하고 싶어 하는 욕심이 자리하고 있습니다. 다만 내면적인 문제들이 자꾸만 당사자가 책임을 회피하도록 만드는 경우가 많습니다. 가장 흔한 케이스는 내면적인 고통을 회피하려는 시도가 쾌락을 좇는 습관으로 굳어진 경우입니다. 강한 스트레스에 지속적으로 노출되면서도 스트레스를 건강한 방법으로 해소할 방법을 찾지 못한 사람에게는 도파민에 대한 중독 증세가 나타나는 경향이 있습니다. 쾌락과 관련된 신경전달물질인 도파민은 일시적이지만 정신적인 고통을 잊는 데 도움을 주는 긍정적인 측면을 가지고 있기 때문입니다. 문제는 도파민이 너무 많이 분비됐을 때는 오히려 삶이 크게 망가질 수 있다는 점입니다. 내면적인 고통에 쉽게 노출되는 사람은 불편한 자극을 기분 좋은 자극으로 무마하려는 행동을 자주 보이곤 합니다. 즉 기분 **나쁜 상황을 마주하게 될 때 중독적인 행위에 빠진다는 행동의 패턴**이 만들어지는 것이죠.

실제로 게임, 쇼핑, 음란물 등에 중독된 사람은 기분 전환을 위해서 한참 동안 의미 없는 시간에 빠져 있는 경우가 많습니다. 문제는 모두가 알고 있듯이 도피적인 목표에서 시작된 대부분의 중독적인 행위가 전혀 생산적이지 않다는 점입니다. 그중에서도 음악 감상이나 게임, 성적인 쾌락, 폭식처럼 당장 호주머니에 있는 휴대전화를 꺼내기만 하면 쉽게 접할 수 있는 방법들이 자주 선택을 받습니다. 심지어 이런 행위

중독은 시간이 흐르면 점차 강화되는 성질을 가집니다. 2018년에 고려대학교의 백자현 교수 연구팀은 도파민에 대한 연구를 진행한 결과 '도파민 수용체 D2'가 사람의 충동성을 조절하는 역할을 한다는 내용을 발표했습니다. 연구에 의하면 도파민 수용체 D2는 과도한 양의 도파민이 분비되는 상황이 반복될 때 점점 줄어드는 경향을 보입니다. 즉 중독에 빠져있는 시간이 많아질수록 중독적인 행위에 대한 갈망은 걷잡을 수 없을 만큼 커지게 된다는 것을 의미하죠. 끊임없이 갈망을 일으키면서도 조절하지 못하면 삶을 망쳐버릴 수 있다는 점에서 도파민은 달달한 음식과도 같다고 할 수 있습니다.

도망치고 싶다고 생각하게 만드는 것이 무엇인지 생각하라

삶의 달달한 부분에 집착하지 않고, 책임을 짊어진 어른이 되려면 어떻게 해야 할까요? 일단 중독을 무작정 끊어내려는 시도는 큰 도움이 되지 못합니다. 많은 사람들이 중독된 상태 자체에 죄책감을 가지고 올바르지 못한 방식으로 해결하려 합니다. 중독에 빠져 있는 것을 단순히 의지력의 문제로 받아들여 무작정 참으려 하는 것이죠. 심지어 중독에 빠져 있는 타인에게도 무조건적인 인내를 강요하는 일이 무척 많이 일어납니다. 그러나 무작정 인내를 선택한 사람에게는 두 가지의 부정적인 결말이 주어지게 됩니다. 세상을 비관할 때까지 계속 참으며 고통을 억누르거나 고통을 완화시켜줄 또 다른 중독에 몸을 맡기는 것이죠. 가령 친구와 3시간씩 통화하며 오늘은 게임을 끊었다고 합리화하는 것이 얼마나 그럴듯하고 쉬운 일인가요? 게임에 빠져 있는 아들과 공부만 시키려는 엄마가 서로 척을 지게 되는 상황은 또 어떤가요? 게임을 두고 어머니와 아들이 실랑이를 벌이는 것은 사실상 마음 한편에 있는 불편함을 지혜롭게 다룰 줄 모르는 사람과 그것을 한심하게 바라보는 사람 사이에 일어나는 의미 없는 싸움입니다.

기억해야 하는 점은 도망갈 길을 막는다고 해서 겁을 먹은 사람이 갑자기 삶에 대한 용기를 발휘하는 일은 일어나지 않는다는 것입니다. 궁지에 몰린 쥐처럼 상대를 물어뜯는 용기를 발휘하거나 다른 길로 도망칠 뿐이죠. 회피성 중독을 근본적으로 해결하려면 도망치고 싶다고 생각을 하게 만들 만큼 부담감이나 고통을 주고 있는 것이 무엇인지를 알아내야 합니다. 게임에 중독된 아들은 자신이 무엇을 두려워하고 있는지를 생각하며 마음을 돌아보기 위해 애써야 하고, 어머니는 아들이 자신의 마음을 돌아볼 수 있도록 지지해줘야 하죠. 결국 자신의 능력과 잠재력을 발휘하고 한 사람의 몫을 해내는 어른이 되려면, 자신의 감정을 바라보며 다스릴 줄 알아야 합니다. 그리고 그 시작점은 자신이 도피처처럼 삼고 있는 시간이 무엇인지를 살펴보는 것이죠. 즐거움으로 도피하는 선택을 의식하고 스스로 거부할 수 있을 때, 중독은 더 이상 아무 문제도 되지 않을 것입니다.

빈 노트에 정직한 대답을 기록해 보세요.

QUESTIONS

Q.28 어떤 타이밍에 중독에 가장 많이 빠지나요?

Q.29 혹시 중독으로 뭔가를 피하고 있나요?

Q.30 뭔가를 피하고 있다면 그것이 무엇인가요?

문제를 피할 수는 없다.

피하려고 집에만 숨어 있으면

집 앞까지 배달되는 것이 문제라는 녀석이다.

고정관념을 부수다.

스스로가 자유롭다고 착각하는 사람만큼 노예화된 사람은 없다.

- 요한 볼프강 폰 괴테

우리는 믿음으로 세상을 살아간다.

철학자 다니엘 밀로(Daniel S. Milo)는 자신의 저서 <미래중독자, L'Invention de Demain>에서 '내일 보자'라는 일상적인 말이 인류역사상 가장 혁명적인 문장이라고 말합니다. 손에 잡히지도 않고 볼 수도 없는 개념을 상상이라는 방법으로 세상에 존재시키는 인간의 능력을 신랄하게 전한 것이죠. 자세히 들여다보면 위의 짧은 문장 하나에도 내일이라는 개념과 약속이라는 규칙이 등장한다는 점을 발견하게 됩니다. 둘 다 물건이나 자연물처럼 세상에 실재하는 것은 아니지만 우리가 개념을 부여하고 믿음으로써 엄연히 이 세상에 존재하기도 하고 활용되기도 하죠.

인간은 이외에도 상상이라는 방법을 통해 돈, 게임, 윤리, 법, 소유와 같이 규칙성을 지닌 발명품을 수없이 만들고 공유해왔습니다. 상상에서 기원된 규칙을 여러 사람에게 공유하여 좀 더 지혜롭고, 풍요롭게 살 수 있는 방법을 찾아왔던 것이죠. 그러나 사람들은 규칙을 공유하면서 상대에게 꼭 좋은 일만 안겨주었던 것은 아닙니다. '남자는 울면 안 되고, 여자는 조신해야 한다'와 같이 삶의 일정 부분을 제한시켜버리는 암묵적인 규칙들이 마치 사실인 것처럼 여겨지고, 자유를 억압하는 일도 있어 왔으니까요. 올더스 헉슬리(Aldous Huxley)가 집필한 <멋진 신세계, Brave New World>의 디스토피아 세계관은 상상을 현실로 믿을 수 있다는 능력의 약점을 파고들면 얼마나 많은 사람들의 삶을 저주에 빠뜨릴 수 있는지를 보여줍니다. 그는 자유롭고 안정적인 삶을 살고 있다는 믿음을 심어주기만 하면 강제적인 방법으로 통제하지 않더라도 사람들이 삶에 각본이라도 있는 것처럼 규칙에 매달려 살아간다는 점을 유감없이 표현했죠. 이런 점에서 바라본다면 상상하는 대로 살게 된다는 말은 진실에 가깝습니다. 자신이 믿고 있는 상상에 따라서 불가능했던 것이 가능해지면서 삶이 확장될 수도 있고, 가능했던 것도 불가능해지면서 삶이 제한될 수도 있으니까요. 그렇기에 우리는 내면에 존재하는 상상이나 규칙을 정기적으로 점검할 필요가 있습니다. 어쩌면 원하는 삶에 다가가지 못하도록 가로막고 있는 규칙이 있을 수도 있으니까요.

내면의 지도를 관리하라

우리는 살아가면서 내면에 관념이라는 지도를 만들어 둡니다. 세상에 대해서 보고 듣고 느낀 것들에 대한 견해들이 모두 여기에 기록되죠. 그래서 사람들은 중요한 결정을 내릴 때마다 이 지도를 참고하곤 합니다. 당연히 다른 사람들에 의해 발명된 규칙도 지도에 자연스럽게 기록

됩니다. 특히 어린 시절에 기록된 규칙들은 주로 사회가 주입한 가르침을 그대로 흡수한 것이거나 주변 사람의 언행에서 파생된 것들이 많습니다. 그렇기에 삶의 방향을 스스로 결정해야 하는 시기가 되면 지도의 관리자로서 지도를 적절히 수정할 필요가 있죠. 세상은 시간의 흐름에 따라서 변화하기 때문에 과거에 보고 듣고 느낀 것들이 더 이상 유효하지 않은 시점도 생기곤 합니다. 그렇기에 지도를 적절히 수정하지 않고 방치해버린다면 변화된 세상 앞에서 적절한 대응을 하는 것이 무척 어려워집니다. 물론 사람들과 함께 살아가기 위해서는 죽을 때까지 고수해야 하는 전통적인 규칙들도 있습니다만 행복한 삶을 위해서 반드시 의심해봐야 하는 규칙들도 존재합니다.

문제는 지도에 기록된 규칙을 너무도 당연하게 바라보고, 소중하게까지 여기는 태도에 있습니다. 몇몇 사람들은 지도에 표기된 규칙을 한 번 올바르다고 여기면 좀처럼 바꾸지 않으려 하곤 합니다. 오랜 시간이 흘러 규칙에 익숙해지고 나면 규칙을 자기 자신과 동일시해버리기 때문입니다. 누군가로부터 전해 들은 규칙을 자신의 독립적인 가치관에서 비롯된 것이라고 믿게 된 것이죠. 그렇기에 누군가는 지금까지 지켜온 규칙을 바꾼다는 것을 자신이 더 이상 옳지 않다고 인정하는 것처럼 느끼기도 합니다. 애석하게도 대부분은 이런 상황을 유쾌하게 받아들이지 않기 때문에 한 사람의 내면에 오랫동안 눌러앉은 규칙이 당사자의 정체성과 긴밀하게 연결되어 더욱 끈끈하게 눌러앉게 되는 경우를 무척 자주 목격할 수 있습니다.

정체성과 유착된 규칙은 두 가지 문제를 일으킬 가능성이 있습니다. 하나는 꿈을 이룰 수 없도록 만드는 것입니다. 가령 타인에게 항상 친절해야 한다는 규칙을 가진 사람은 군인이라는 직업에 대한 흥미와 재능이 있더라도 결국 자신과 맞지 않다고 느낄 수 있습니다. 군인은 상황에 따라 공격성과 주도성을 드러내 보일 필요가 있는 직업이기에 늘 친절하기만 하면 직무를 효율적으로 수행하기 어렵습니다. 규칙이라는 상상 때문에 꿈을 포기하는 일이 없으려면 아래와 같이 지도를 그려놓고 자신의 목표와 규칙 사이에 대립점이 있지 않은지 살펴봐야 합니다. 시각화를 통해 자신이 선택한 규칙 때문에 손해를 보고 있다는 것을 느낀다면 스스로에게 다른 규칙을 선택할 여지를 주어야 합니다.

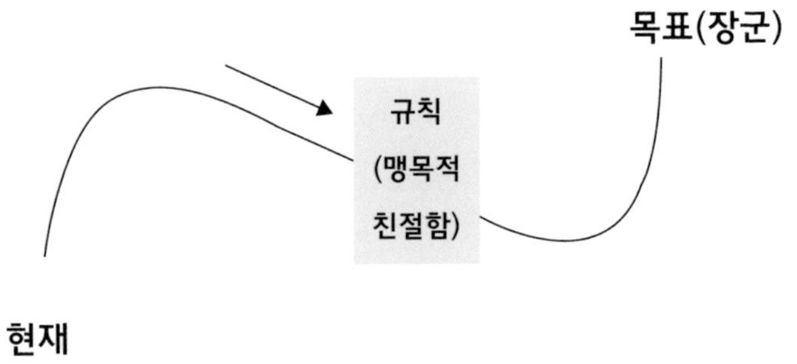

정체성과 유착된 규칙이 만들어낼 수 있는 또 다른 문제는 타인을 배척하는 태도입니다. 대부분의 규칙은 사람들이 서로 조화롭게 살아가기 위한 장치로써 만들어지지만 최초의 의도를 벗어나 오히려 사람들 사이에 분쟁을 일으키는 결과를 낳기도 합니다. 심한 경우 자신이 옳다고 믿는 규칙을 무시하는 사람이 나타났을 때 마치 자신을 무시한 것처럼 화를 내고 증오감을 품기도 하죠. 가령 예의라는 규칙이 강조되고 확산되면 사람들 사이에 갈등이 줄어들 것 같지만 우리는 예의를 중요하게 여기는 사람이 예의 없는 사람을 못마땅하게 여기는 장면을 흔하게 목격할 수 있습니다. 다른 예로는 자신과 다른 종교를 가지고 있는 사람을 기피하는 상황을 들 수 있죠. 이와 같은 경우도 지도를 그려보고 특정 규칙을 지나치게 좇는 태도 때문에 오히려 규칙이 주는 이로움에서 멀어지고 있지 않은지를 점검합니다.

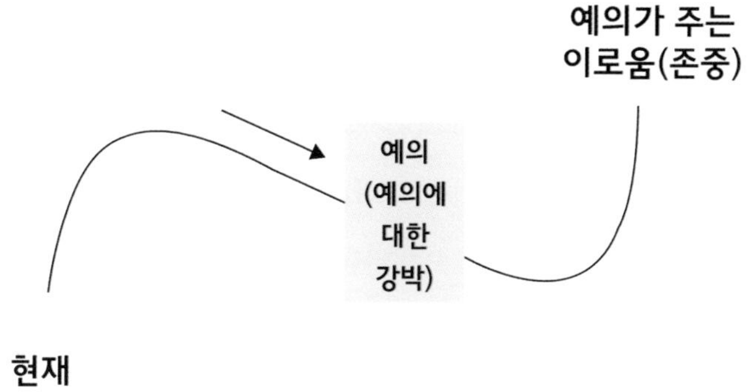

자신이 생각하는 이상적인 삶에 가까워지려면 정신적인 유연함이 필요합니다. 자신의 신념을 점검해본 뒤 굳이 유지할 필요가 없는 규칙은 버리고 과감하게 다른 규칙을 따를 필요가 있죠. 그리고 그 기준은 언제나 자신이 그리는 미래여야 합니다. 목표가 달라졌다면 아무 미련도 없이 새로운 규칙을 정하여 살아가면 됩니다. 그러나 자신이 아닌 타인이 정해준 규칙을 아무 의심 없이 따라가다 보면 자신이 원하는 미래로 가는 길에 장애물이 너무 많다는 느낌이 들 것입니다. 그때가 바로 지도를 수정해야 하는 타이밍입니다. 이번 기회에 진지한 목표를 적어보고, 아래의 빈칸을 채우면서 목표와 맞지 않는 규칙이 있는지 점검해보는 것은 어떤가요?

나의 목표 :

나의 규칙

- 나는 돈을 잘 벌려면____________________을/를 포기해야 한다고 생각한다.
- 나는 사람들과 잘 지내기 위해서____________________해야 한다고 생각한다.
- 나는 사람으로서 지켜야 하는 도리가____________________라고 생각한다.
- 나는 인생에서____________________이/가 최고라고 생각한다.
- 나는____________________행동하는 사람을 바보라고 생각한다.
- 나는 내가____________________을/를 잘 해낼 수 없는 사람이라고 생각한다.
- 나는 행복하려면____________________해야 한다고 생각한다.
- 나는____________________하는 사람이 나쁘다고 생각한다.

목표를 위해 버려야 하는 규칙 :

빈 노트에 정직한 대답을 기록해 보세요.

QUESTIONS

Q.31 나의 목표와 맞지 않는 규칙은 무엇인가요?

Q.32 나에게 오히려 역효과를 내고 있는 규칙이 있나요?

Q.33 버려야 하는 규칙의 자리에 어떤 새로운 규칙을 집어넣을 것인가요?

Q.34 부모님으로부터 물려받은 규칙은 무엇인가요? 지금도 유용한가요?

나를 감싼 여러 문제들은

사실 스스로가 만든 것들이었다.

날아오는 야구공을 똑바로 쳐다보다.

> 많은 사람들이 스트레스를 조절하며 살고 있다는 착각에 빠져 있다가 나중에서야 자신도 모르는 어떤 힘들이 오랜 세월 동안 자신의 결정과 행동을 몰아붙이고 있었다는 사실을 깨닫는다.
>
> \- 게이버 메이트

감정은 명령을 내린다고 해서 말을 듣는 존재가 아니다.

요가와 명상을 통해 진리를 탐구했던 마이클 싱어(Michael Singer)는 저서 〈상처 받지 않는 영혼, The Untethered Soul〉에서 자신의 마음과 싸우지 않고, 바꾸려 하지도 않는 방식으로 마음을 다스리라고 조언합니다. 마음에 동요가 일어날 때 당장 무언가를 바꿔보려고 노력하는 것이 아니라 한 발짝 뒤로 물러나라고 말하죠. 혹시 여러분은 고쳤으면 하는 습관적인 감정을 두고 어떻게 대처하시나요? 많은 사람들이 감정 조절을 잘하고 싶어 하지만 그러지 못하는 현실 때문에 고민을 토로하곤 합니다. 저 또한 주변 지인으로부터 감정에 대한 고민을 자주 들을 수 있었죠. 그중 가장 흔하게 들었던 경험담은 화를 꾹꾹 눌러 참았다가 화병으로 건강을 잃어버린 경우를 꼽을 수 있습니다. 자책하는 실수가 반복된다는 이야기 또한 많이 들었던 고민 중에 하나였죠. 심각하다고 여겨졌던 점은 당사자들의 내적고통이 시간이 갈수록 점점 심해져가는 장면을 자주 발견했다는 것입니다. 고통이 그만 일어나기를 바라고 있음에도 불구하고 멈추는 방법을 몰라서 계속 괴로워하고 있는 경우가 많았거든요. 심지어 마음 대신에 차라리 몸이 아팠으면 좋겠다며 하소연하기도 했습니다. 저는 아이러니함을 느꼈습니다. 감정과 삶은 서로 떼어놓을 수 없는 관계임에도 불구하고 사람에게 있어 감정이라는 영역은 여전히 밝혀지지 않은 미개척지 같다는 느낌이 들었습니다.

불편한 감정을 잘 다뤄보기로 결심했다면 감정을 자신을 향해 빠르게 날아오는 야구공처럼 바라보는 상상이 좋은 방법이 되기도 합니다. 어느 날 길을 걷고 있는데 여러분의 얼굴을 향해 갑자기 야구공이 날아온다고 상상해보는 것이죠. 여러분은 그 상황에서 어떤 행동을 취할 것 같나요? 아마 본능적으로 야구공을 피하는 것이 일반적일 것입니다. 얼굴을 향해 날아오는 야구공은 우리를 다치게 할 만큼 위협적인 것이니까요. 야구공을 피하려면 어쩔 수 없이 야구공에 집중해야만 합니다. 어느 방향에서 날아오는지를 알아야 피할 수 있으니까요. 그런데 위협적으로 느껴지고 피해야 한다고 느껴지는 것이 야구공이 아니라 감정이라면 어떨까요? 이러한 가정은 감정을 피한다는 전제 자체가 잘못되었다는 것을 금방 깨닫게 해줍니다. 우리가 어떤 감정을 피하려 들면 오히려 그 감정에 집중하기 마련입니다. 즉 감정을 거부하려는 시도는 오히려 감정을 증폭시켜버리는 역효과를 불러일으킵니다. 특정 감정을 피하거나 억누르려는 의도는 해당 감정을 다스리는 적절한 시도로 이어지지 못한다는 것이죠. 그렇기에 화를 억지로 참으려는 사람은 오히려 화의 강렬함에 더 쉽게 노출되고, 자책하지 말아야겠다고 결심한 사람은 자책하는 자신을 자책해버리는 수렁에 빠지게 됩니다.

감정은 자유를 허락해줬을 때 나의 편이 되어준다.

디즈니의 애니메이션 <인사이드 아웃>에는 '라일리'라는 이름의 11살 소녀가 주인공으로 등장합니다. 라일리는 기쁨이라는 감정이 넘치던 고향을 떠나 새로운 환경에서 적응하는 것을 부담스러워하죠. 그때 라일리는 슬픈 감정을 억지로 억누르려 합니다. 라일리가 감정을 표현할 수 있도록 내면에서 일하는 다섯 일꾼 중 하나인 기쁨이는 어떻게든 라일리가 행복할 수 있도록 애쓰지만 그럴수록 라일리의 모습은 점점 더 엉망이 되어가기만 하죠. 라일리가 긍정적인 모습을 되찾는 계기는 슬픔을 표현하는 일에서 시작합니다. 기쁨이는 라일리를 기쁘게만 만들려고 했던 자신을 반성하며 이렇게 말하죠. "맞아, 지금 라일리에게는 슬픔이 필요해.", "정말 울고 싶을 땐 우는 게 필요해."

우리는 보통 살아가면서 '화내면 안 된다', '울면 안 된다'와 같은 말들을 들으며 감정을 통제하려는 습관을 들이곤 합니다. 그러나 감정을 선 긋듯이 나눠 나쁜 감정은 억누르고 좋은 감정만 느끼려고 한다면 우리는 라일리처럼 늘 실망할 수밖에 없을 것입니다. 감정을 억누르려고 할수록 더 눈에 밟히기만 할 테니까요. 그러니 감정을 통제해야 할 대상이 아니라 이해하고 받아들일 대상으로 여겨야 합니다. 그때서야 우리는 감정을 진정 다스릴 수 있습니다.

마음을 다스리는 법을 연습해보고 싶은 분들께는 명상을 추천드립니다. 처음에는 눈앞에 보이는 것, 몸으로 느껴지는 것, 귀로 들리는 것,

마음에서 일어나는 감정을 가만히 느껴보세요. 모든 감각과 생각이 일어나는 대로 느끼기만 하고 반응하지도 판단하지도 않는 연습을 해보는 것입니다. 명상이라고 해서 집중해야 한다거나 평화로워야 한다고 생각하실 필요는 없습니다. 그러면 오히려 역효과를 보게 될 것입니다. 잠시 딴생각이 나면 '아~ 딴생각이 났네'하며 흘려 보내고, 부정적인 감정이 올라와도 그저 느껴보는 연습을 해보세요. 처음에는 혼자만의 시간과 공간을 내어서 시작하는 것이 좋습니다. 연습이 충분하다면 일상생활 속에서도 감정이 일어나는 대로 느끼고 통제하려는 충동을 내려놓는 것에 도움이 될 것입니다.

빈 노트에 정직한 대답을 기록해 보세요.

QUESTIONS

Q.35 그동안 억눌러온 감정이 있다면 어떤 감정인가요?

Q.36 어떤 사건이 마음을 억누르는 계기가 되었나요?

Q.37 감정을 억누르면서 반복적으로 일어나는 부작용은 무엇인 것 같나요?

우울할 때면 나는

우울을 감추려

애쓰곤 했었다.

우울하다는 건 나쁜 감정이니까.

위로조차 받지 않으려 했다.

자기 감정 하나도

다루지 못하는 놈이

위로는 무슨 위로.

그런데 나는

친구가 우울해할 때

“우울하지마!”

라고 하지는 않는다.

그렇게 말한다면 우울보다 나쁜 사람이다.

그러고 보니,

그러려 했던 건 아니다만,

스스로에게는 나쁜 사람이었구나.

상처 주는 말은 그냥 무시하면 되지 않을까?

다른 사람이 뭐라 하든지 신경 쓰지 않고 당신의 길을 가라.

- 단테

고대 로마제국의 황제이자 철학자로서 살았던 마르쿠스 아우렐리우스(Marcus Aurelius)는 안팎으로 불어 닥치는 혼란에 맞서며 제국을 필사적으로 통치해야 했습니다. 광활한 영토를 다스린다는 것은 여러 방향에서 치고 들어오는 이민족의 군사적인 도전과 반란들을 받아내야 한다는 것을 의미했고, 활기 넘치는 도시들과 잘 닦인 도로는 전염병이 활약하기 좋은 무대와도 같았습니다. 심지어 빈부 격차로 인한 여러 가지 사회적, 경제적 문제들도 동시에 일어나버리는 탓에 혼란은 가중되어만 갔었죠. 유례없는 평화 뒤에 이어진 유례없는 혼란의 시기였습니다. 다행히도 마르쿠스 아우렐리우스는 지속되는 혼란 속에서도 내면을 가다듬고 모든 상황에 현명하게 대처할 줄 아는 지도자였습니다. 어떠한 외부적 충격에도 올바른 선택을 내릴 수 있는 냉철함을 유지한 결과 로마제국의 전성기를 이끈 다섯 황제 중 한 명으로서 이름을 남기게 되었죠. 마르쿠스 아우렐리우스가 죽고 2세기의 시간이 흐른 뒤에야 그가 자신의 마음을 다스리기 위해서 기록했던 여러 글들이 발견되었는데, 그의 글들은 명상록이라는 이름이 붙여져 오늘날까지 사랑받는 고전이 되었습니다.

명상록은 냉철함을 가다듬는 도구였던 만큼 짜증날 수 있는 상황에 대처하는 태도에 대한 언급도 많이 등장합니다. 그의 글에는 외부적인 상황이나 타인에게 어떠한 개인적인 기대도 걸지 않으려 했던 태도가 담겨있죠. 그는 오이에서 쓴맛이 느껴져서 불쾌하면 쓴맛에 대해 불평할 것이 아니라 오이를 던져버리라 말하고, 길에 가시덤불이 나있으면 왜 하필 내가 가는 길에 가시덤불이 있는지를 생각하는 것이 아니라 비켜가라고 말합니다. 타인의 잘못에는 시선을 주지 말고 그냥 그 자리에 두라고 하죠. 생각에 빠져 있지 말고 행동하라는 그의 태도가 복잡한 세상을 살아가기에는 지나치게 투박하다거나 순진하다는 생각이 들 수도 있지만 아래의 문장을 통해 그의 지혜를 온전히 느낄 수 있습니다.

> 누군가의 염치없는 행동 때문에 기분이 상한다면 그때마다 '세상에 몰염치한 사람들이 존재하지 않는 것이 가능한 일인가?' 하고 즉시 자신에게 물어보라. 그건 불가능한 일이다. 불가능한 일을 요구하지 마라. 그 사람도 반드시 세상에 존재해야 할 몰염치한 사람들 가운데 한 명이다.

그가 남긴 말처럼 삶을 더 어렵게 만드는 사람들의 존재 유무는 우리의 주관을 벗어나는 영역에 가깝습니다. 마치 오늘 비가 내릴지 내리지 않을지, 내가 이 세상에 태어날지 그렇지 않을지처럼 스스로 결정할 수 없는 상황과도 같습니다. 이처럼 입맛대로 환경을 바꿀 수 없는 상황에서 주도적으로 결정할 수 있는 부분은 상황을 바라보는 태도가 거의 유일합니다. 마르쿠스 아우렐리우스의 말처럼 세상에 나쁜 사람들이 존재한다는 사실을 통제할 수 없다면 그들의 존재를 탄식하기보다 그들을 앞에 두고 어떤 태도를 가질 것인지를 고민하는 것이 시간을 아껴줄 뿐만 아니라 더 나은 대처를 하게 만들어줍니다.

자기 자신을 위해서 용서하라.

삶을 살아가다 보면 상처가 되는 말을 함부로 하는 사람들을 만나기 마련입니다. 흔히 일어날 수 있는 일이다 보니 그들의 막말에 대처하는 태도 또한 인기 있는 대화 주제 중에 하나가 되었죠. 요즘은 '중요하지도 않은 사람의 말에 상처받기에는 당신의 마음이 너무 소중하다'라는 식의 조언이 인기가 많은 편입니다. 많은 사람들이 이 조언의 의미를 무례한 사람의 말을 무시해야 한다는 뜻으로 받아들이지만 상대방을 무시하는 태도만으로는 날카로운 언행으로부터 마음을 지켜내는 것이 무척 어렵습니다. 상처와 상처를 준 사람에 대한 적대감은 동전의 양면과도 같아서 상처를 준 사람을 용서할 수 있어야 상처를 완전히 떨쳐낼 수 있기 때문입니다. 그런데 상대방을 지속적으로 무시하려는 태도에는 적대감을 유지한다는 의도가 포함되어 있습니다. 그렇기에 다음의 문장처럼 상대를 무시하는 태도는 오히려 상처에 대한 기억을 붙잡도록 만듭니다.

'당신 때문에 정말 힘들었어, 다시는 똑같은 방식으로 상처를 받지 않길 원하고, 앞으로 당신이 하는 모든 행동과 말에 가치가 없다고 믿을 거야.'

상대를 무시하는 것에 집중하는 사람은 상대방에 대한 적대감과 상처를 잘 걷어내지 못합니다. 오히려 자신의 소중한 마음에 상처를 내었다는 생각 때문에 용서를 베풀 필요성을 전혀 느끼지 못하게 되죠. 결국 자신이 피해자라는 생각을 놓지 못하면서 시간이 해결해줄 때까지 상처를 오랫동안 붙잡곤 합니다.

상처받지 않거나 상처를 오래 끌고 가지 않기를 원한다면 상대방의 말을 무작정 무시해서는 안 됩니다. 우리는 오히려 그들이 보내는 부정적인 울림에 주의를 기울이고 그 이면에 존재하는 고통을 꿰뚫어 볼 필요가 있습니다. 진심이 담긴 공격적인 표현은 사실 공격성을 띤 채로 자신의 아픈 구석을 소개하는 행위에 가깝습니다. 그렇다고 해서 그들을 마냥 긍정적으로 품어야 한다는 이야기는 아닙니다.

그들을 고통스러워하는 사람으로 간주할 필요가 있습니다. 고통스러워하는 사람에게 정상적인 행동을 기대하기 어렵다는 가정은 우리가 처한 상황을 수월하게 받아들일 수 있도록 만들어줍니다.

당신은 능력이 부족하다는 이유로 타인을 미워할 만큼 잔혹한 사람인가?

저는 깊은 우울증에 벗어나게 된 시기부터 자신의 마음에 대해서 연구해 보고 싶었습니다. 어느 날은 가까운 친척의 추천을 받아 한 명상 캠프에 참여할 수 있었습니다. 캠프에 참여한 사람들은 한 명의 지도사에게 일방적으로 몇 가지 질문을 받았는데, 5일 동안은 먹고 자는 시간 외에 질문에 대해서만 고민하며 답을 찾아야 했습니다. 그중 기억에 남는 한 질문은 '왜 화를 내었는가?'였습니다. 캠프에 참여한 이십여 명의 사람들은 모두 자신을 화나게 만드는 사람에 대해서 소개하고 그들을 도저히 용서할 수 없는 이유에 대해서 이야기 했습니다. 누군가가 나를 배신해서, 남편이 가장답지 못해서, 아버지가 자신을 학대해서 등등 미움의 이유는 정말 다양했습니다. 캠프에 찾아온 사람들의 마음은 모두 증오심에 물들어 있었죠. 정말 인상 깊었던 점은 캠프의 일정이 마무리 되어가는 시점에 참여자 전원이 증오를 모두 털어낸 상태였다는 것이었습니다. 참여자들은 그동안 자신이 괴로웠던 이유가 타인의 잘못된 행동 때문이라고 생각해왔었지만 지금 와서 돌아보니 스스로 괴로움을 선택했다며 입을 모아 자신에게 책임이 있음을 시인했던 것이었죠. 타인에게 개인적인 기대를 걸었기에 괴로웠고, 부정적인 상황을 스스로 책임지지 못했기에 괴로웠다면서요. 처음과 달리 캠프를 나서는 얼굴은 모두 웃는 표정이었습니다.

캠프를 다녀오고 나서 가질 수 있었던 깨달음은 타인을 향한 기대를 조절하는 방식으로 마음이 상처 입을 수 있는 상황에 적절히 대처할 수 있다는 것이었습니다. 깨달음은 곧 '타인이 잘못했다'라는 생각을 '타인의 능력이 부족하다'라는 생각으로 바꿔보자는 아이디어로 이어졌습니다. 그랬더니 마음은 자연스럽게 너그러워져 갔습니다. 가령 저는 난독증을 앓는 사람이 책을 빨리 읽지 못하는 것을 잘못으로 생각하지 않습니다. 그들은 잘못을 한 것이 아니라 그저 읽는 능력이 부족한 것이기 때문입니다. 잘못처럼 보였다면 책을 잘 읽어야 한다는 기대를 걸었기 때문일 것입니다. 저는 어린 아이가 사소한 이유로 떼쓰는 것을 잘못으로 생각하지 않습니다. 그건 잘못이 아니라 아이들이 떼쓰는 것보다 괜찮은 방법으로 의사를 표현하는 방법을 잘 모르기 때문입니다. 잘못처럼 보였다면 아이가 성숙하기를 기대했기 때문일 것입니다. 마찬가지로 저는 누군가가 저에게 상처 주는 말을 하더라도 잘못으로 여기지 않기로 하였습니다. 그들은 개인적인 과거에 쉽게 흔들리고 마음을 다스리지 못하는 탓에 올바른 행동을 하는 능력이 부족한 사람들이기 때문입니다. 잘못처럼 보였다면 그들이 올바르게 행동해야 한다는 기대를 걸었기 때문일 것입니다. 그들은 우리 마음속에서 나쁜 사람이기보다 마음이 아픈 사람 또는 마음을 다스릴 능력이 부족한 사람으로 규정될 필요가 있습니다. 세상에 어차피 존재할 사람들이기 때문에 그들에게 불평을 가지는 것은 시간 낭비와도 같습니다. 앞으로는 상처 주는 말을 하는 사람과 마주하게 된다면 이렇게 생각해보세요. '얼마나 잔혹한 과거가 이 사람이 이렇게 행동하도록 만든 것일까?', '저 사람이 겪는 개인적인 문제와 과거사에 내가 참견할 필요가 있는가?', '저 사람은 스스로 침몰할 권리가 있는가?'

이런 질문을 던진 뒤 사소한 일에 시간 낭비할 필요가 없다는 결론이 섰다면 불평을 그만두고 서둘러 여러분이 원래 가야 하는 길에 시선을 돌리기로 결정하세요.

빈 노트에 정직한 대답을 기록해 보세요.

QUESTIONS

Q.38 나를 화나게 만든 사람에게 솔직하게 말할 수밖에 없는 약을 먹였습니다. 나에게 왜 그랬었냐는 물음에 뭐라고 대답할 것 같나요?

Q.39 나는 타인에게 어떤 부분을 당연하게 기대하나요?

Q.40 지금 불평이 일어나는 부분을 떠올려보세요.
그것을 해결하기 위해서 불평 대신 필요한 것이 무엇인가요?

무례한 사람은 환자처럼 바라보자.

잘못된 변화는 이렇게 시작된다.

마음의 가장 아이러니한 부분은 타인의 간섭을 거부하면서도 본인에 대한 인정을 갈구하느라 타인이 기대하는 모습을 자처한다는 점이다.

- 작자 미상

우리 사회에는 행복해지기 위해서 자신의 성격을 고칠 필요가 있다고 느끼는 사람의 수가 무척 많습니다. 이상적인 성격의 기준이 따로 정해져 있다는 믿음이 널리 퍼져있기 때문입니다. 특히 내성적인 성격을 가진 사람 중에는 활발하지 못한 성격 때문에 자신이 매력적인 사람이 아니라고 느끼기도 합니다. 심지어 자신의 성격을 창피한 것으로 규정하고 전혀 다른 사람이 되기 위한 노력을 감행하기도 하죠. 그러나 자신에 대한 부정적인 생각은 한 번쯤 의심해 볼 필요가 있습니다. <최고의 변화는 어디서 시작되는가, Willpower Doesn't Work>의 저자 벤저민 하디(Benjamin, Jr. Hardy)는 우리가 환경에 영향을 받는 존재라는 사실을 쉽게 잊어버린 채로 살아간다고 설명합니다. 대부분의 사람들은 자신의 생각이 독립적인 가치관에서 비롯된 것인지 아니면 타인이나 사회로부터 학습한 관념에서 파생된 것인지를 헷갈려 합니다. 우리의 무의식은 주변 사람들이 보내는 시선에 시시각각 노출되지만 그로부터 어떤 영향을 받고 있는지를 깨닫는 것은 무척 어려운 것이죠. 특히 타인이 보내는 부정적인 암시는 한 사람의 삶의 방향을 흩을 수 있을 만큼 강력하지만 알아차리기 어려울 만큼 음침하게 접근합니다. 가령 주변 사람으로부터 다음과 같은 말을 들으며 성격의 변화를 강요를 받는 것은 무척 흔히 일어나는 일입니다.

- "너는 너무 소심해서 문제야"
- "너는 배려가 너무 없어"
- "좀 웃고 다녀라"
- "왜 이렇게 게으르냐?"

타인이 보내는 부정적인 암시는 자신에게 결함이 있다는 생각으로 이어지기 쉽고, 결함을 극복하려는 동기가 일어나면서 머지않아 타인이 자신에게 걸어놓은 기대대로 움직이게 됩니다. 마치 스스로가 그런 변화를 원하는 듯한 착각이 일어나면서 말이죠.

- "나는 너무 소심해서 문제야, 적극적인 사람이 되고 싶어"
- "나는 너무 이기적이야, 배려심을 가지도록 노력해야 해"
- "나는 잘 웃지 못해서 별로야, 웃는 걸 연습해야 하는 걸까?"

- "나는 너무 게을러, 열정을 키우자!"

심지어 몇몇 자기계발서를 쓴 작가나 심리적인 멘토를 자처하는 강사들은 자신의 성격을 고치고 싶어 하는 사람이 많다는 점을 이용하여 억지로 성격을 바꾸는 방법이나 타인의 눈에 좋은 성격을 가진 것처럼 보이는 방법을 정리해서 알려주기도 합니다. 그러나 타인이 보내는 시선을 기준으로 자신을 변화시키면 과연 만족스러운 삶을 살아갈 수 있을까요? 삶에서 의미를 느낄 수 있는 변화를 직접 만들어내려면 '나는 왜 변화를 원하고 있는가?'라는 질문에 솔직하게 답할 필요가 있습니다. 무언가를 진정으로 원하고 있는 것인지 아니면 무언가를 피해 달아나고 있는 것인지를 알기 위해서 말이죠.

가장 쉬운 변화는 가장 어두운 방법으로 일어난다.

세계 어디를 가더라도 제대로 된 군대에는 엄격한 분위기가 존재합니다. 잘 훈련된 군인들은 명령이 떨어지면 한 치의 망설임도 없이 지휘관의 기대에 따라 움직입니다. 어떻게 각자 다른 배경에서 살아온 사람들이 처음 마주하는 사람들과 쉽게 협력할 수 있는 걸까요? 아무리 유능한 군인일지라도 처음부터 명령을 잘 따르는 것은 아닙니다. 모든 군인은 신병 교육을 받으며 진정한 군인이 되어갑니다. 대부분의 군대는 가능한 빨리 많은 사람들을 명령에 복종하는 사람으로 변화시켜야 하기 때문에 가장 쉬운 방법으로 신병을 훈련시킵니다. 바로 두려움을 심어주는 것입니다. 신병은 무거운 분위기와 일명 '얼차려'로 불리는 체벌을 통해 명령을 즉각적으로 따르지 않으면 고통받게 된다는 두려움을 학습합니다. 물론 시간이 흐르면서 두려움 없이도 명령을 잘 따를 수 있게 되지만 군율이 흐트러지는 곳에는 어김없이 불호령이 떨어집니다. 두려움을 이용한 통제는 군대에서만 일어나는 현상이 아닙니다. 과거의 수많은 문명들이 종교적인 두려움을 이용하여 사람들을 통치하였고, 아직도 몇몇 기업은 사람들의 두려움을 자극하는 광고를 내걸어서 자사의 제품을 구매하라고 유혹합니다. 대부분의 사람들은 두려움에서 도망치는 것에 익숙했기 때문에 두려움을 적절히 이용하면 대중의 행동을 유도하는 것이 가능했고, 두려움이 있는 곳에는 언제나 통제의 흐름도 존재해왔던 것이죠. 그렇기에 자유와 창의적인 발상을 중요하게 여기는 조직은 두려움을 극복하라는 슬로건을 내걸고, 규율과 구성원을 통제하는 것이 중요한 조직은 두려워하라는 슬로건을 내겁니다.

만약 바라지도 원하지도 않는 통제 속에서 길을 잃고 있다는 생각이 든다면 반드시 아래의 빈칸을 채워보면서 자신의 현재 상황을 분석해보는 것이 좋습니다.

'나는 __________ 해야 해(돼야 해). 왜냐하면 ____________은/는 너무 나쁘기 때문이야'

빈 노트에 정직한 대답을 기록해 보세요.

QUESTIONS

Q.41 반드시 피하고 싶고 꺼려지는 상황은 무엇인가요?

Q.42 내가 소속한 조직에서 끊임없이 강조하는 위험은 무엇인가요?

Q.43 앞으로의 미래에는 도움이 될 것 같나요?
아니면 손해가 되는 믿음인가요?

규칙이 굴리고 있는 것이

일이 아니라 사람이라면

거기서 빨리 벗어나라

꼰대가 되는 이유

신은 파괴하고 싶은 사람이 생기면 그가 가장 뛰어난 사람이라고 말한다.

- 시릴 코널리

성공을 이룬 뒤에는 실패보다 더 위험한 사건들이 뒤따르곤 합니다. 가령 금전적인 성공을 거두면 주변 사람들로부터 과도한 의무감을 기대받기도 하고, 이기심으로 가득 찬 사람들이 좋은 사람인 척 접근하기도 하죠. 하지만 무엇보다도 가장 흔하게 일어나는 위험은 성공을 거둔 당사자가 침묵을 지키지 못하는 사건으로부터 시작됩니다.

많은 사람들이 크든 작든 성공을 이루고 나면 자신이 타인에게 이래라저래라 할 의무가 있다고 믿어버리곤 합니다. 심한 경우에는 상대방을 무시하는 말과 행동을 하면서도 스스로를 책임감이나 정의감이 넘치는 사람으로 여기기도 하죠. 자신이 잘못된 것을 바로잡는 정의로운 사람이라 믿고 싶기 때문입니다. 그러나 그들의 내면에는 정의감 대신 터지기 일보 직전의 불안감이 자리하게 됩니다. 직접 통제하는 것이 불가능한 타인의 마음을 통제하려 하기 때문입니다. 이 잘못된 통제 욕구는 타인과 점점 멀어지게 만드는 속성이 있는데, 아이러니하게도 타인에게 존경받을만한 업적으로부터 비롯되는 경우가 많습니다.

허영심의 씨앗

자신의 생각을 일방적으로 강요하는 사람들은 자신이 주장하고 싶은 아이디어에 높은 권위를 부여함으로써 사람들을 설득하려 합니다. 대부분은 권위의 근거를 자신이 과거의 이뤄놓은 업적에서 찾습니다. 자신이 과거에 성공했었기 때문에 자신의 방식이 우월하며, 자신 또한 우월하다고 말하고 싶은 것이죠. 성공적인 이미지가 자신의 존재감으로 발산되기를 원하는 마음은 주변 사람들의 인정을 바라는 마음으로 쉽게 이어집니다.

그들의 평상시 모습은 자비로운 신과도 같습니다. 마치 올리브 나무가 신의 선물로 추앙받게 된 신화를 하나 더 써내려고 하는 것처럼 자신을 우월하게 만들어준 지식이나 행동양식을 기꺼이 전수해주려 하죠. 그들의 불안한 내면은 자신의 방식에 동의하지 않는 사람이 나타날 때 표출됩니다. 인간에게 섬김 받기를 거부당한 신이 분노할 수밖에 없듯이 그들이 가장 싫어하는 상황은 사람들이 자신을 인정해주지 않는 것입니다. 자신의 의견에 반대하는 것은 자신이 우월한 사람이라는 신성불가침을 침범한 것처럼 느껴지기 때문입니다. 반대의견을 낸 것만으로도 노발대발하며 화내는 사람들은 자신의 이미지를 지키기 위해서 싸우는 것이죠. 결과적으로 많은 사람들을 적으로 돌리며 스스로 고립되는데 오늘날은 그들을 꼰대라고 부릅니다.

이기적인 이유로 도움을 건네지 마라

사람들은 자신만의 이기적인 이유 때문에 타인을 돕기도 합니다. 대부분은 누군가에게 도움을 주면서 자신을 이타적이고 정의로운 사람으로 평가하지만 사실은 누군가를 돕는 의도가 어디서 비롯된 것인지 의식하는 것조차 쉬운 일이 아닙니다. 가령 어린 시절에 충분한 사랑을 받지 못한 사람은 자신이 베푼 호의만큼 애정을 돌려받기를 기대하며 타인을 도울 수 있고, 자아도취에 빠진 사람은 도덕적인 우월감을 과시하기 위해서 도울 수 있으며, 꼰대 역시 자신이 타인에게 인정받을만한 사람이라는 사실을 확인하고 싶어서 타인을 도울 수 있습니다. 그러나 대부분의 사람들은 친절한 도움 이면에 숨겨진 그들의 이기심을 어렵지 않게 간파해내고 그들과 거리를 두기로 결정합니다.

저의 경우에는 내면적으로 성장한 뒤 이기심과 허영심이 부작용으로 찾아왔었습니다. 꾸준한 자기계발을 통해서 우울한 감정에 적절히 대응할 수 있게 되자 갑자기 모든 사람이 자기계발을 해야 할 필요가 있다는 생각이 들었던 것입니다. 자기계발을 하지 않는 사람이 불쌍하게 느껴지거나 심지어 한심하게 바라보는 독선까지 품었죠. 시간이 지나자 자기계발이 인생의 정답인 것처럼 생각하게 되었고, 사람을 만날 때마다 자기계발을 권하며 구원자 행세도 했었습니다. 결국 어떠한 긍정적인 결과도 만들어 내지 못한 것은 물론이었고, 저를 피하는 사람만 생겨났습니다. 꼰대가 되어 사람들과 멀어지지 않으려면 타인을 돕고 싶어 하는 마음에 이기심이 반영되어 있지 않은지를 자세히 살펴볼 필요가 있습니다.

특히 비약적인 성장을 경험한 사람일수록 이런 종류의 허영심을 경계해야 합니다. 좋은 사람처럼 보이고 싶은 마음은 타인에게 필요한 도움보다는 자신이 어떤 이미지로 비치는지에 대해서 더 많은 관심을 가지도록 만듭니다. 그렇기에 실제로는 어떠한 도움도 되지 못하거나 상황을 더 어지럽게 만들어 버리기 쉬운데, "나도 잘해 보려다 그런 것이니 좀 봐줘", "애초에 네가 잘했어야 했어, 내 탓이 아냐"라는 말을 하며 진솔한 도움에는 애초에 관심도 없었다는 것을 증명하곤 합니다.

꼰대가 타인에게 도움을 주려는 장면은 겉보기에 도움을 '주려고 하는' 의도가 있는 것처럼 보이지만 사실은 도움을 주는 것을 통해 인정을 '받으려고 하는' 의도가 더욱 강하게 작용합니다. 우리는 그런 마음을 허영심이라 부릅니다. 허영심을 부리며 타인을 도우려 하는 사람은 주변에 적이 많다는 느낌을 자주 받게 됩니다. 기껏 마음을 써서 좋은 방법을 권했는데, **가르쳐준 대로 따라오지 않으면 미련해 보이고, 용납하기 어려울 만큼 비효율적인 행동을 보이면 비난하고 싶어지는 것이 허영심의 속성**입니다. 만약 불편한 감정과 함께 '저 사람은 정말 이해가 안 되네'라는 생각이 떠오른다면, 자신만의 이기적인 이유 때문에 타인을 변화시키려 하는 것이 아닌지 스스로 의심해 볼 필요가 있습니다.

반면 연민을 품은 사람은 적을 만들 일이 없습니다. 자신을 받아들이고 사랑할 줄 아는 사람은 똑같은 방법으로 상대방을 받아들일 수 있습니다. 연민은 상대의 행동에서 마음을 들여다보고, 그 마음속에서 자기 자신을 발견합니다. 상대방의 마음이 자신의 마음과 똑같은 원리로 움직인다는 사실을 알기 때문에 상대방과 똑같은 과거를 자신이 겪었다면 자신 또한 상대방과 다르지 않을 것이라는 사실을 받아들일 줄 알죠. 그렇기에 연민을 가진 사람들은 타인에게 개인적인 기대를 걸지 않습니다. 화내는 것도, 우울한 것도, 이기적인 것도, 뭔가를 피하는 것도, 뭔가에 지나치게 빠져 있는 것도 전부 괴로움으로 바라볼 줄 압니다. 모든 것을 감내하는 바보가 된다는 뜻은 아닙니다. 단지 상대를 나쁘게 바라보는 시선을 물리치고 상황에 알맞은 행동을 하며 자신의 마음이 괴로워지는 일이 없게끔 할 줄 안다는 뜻이죠.

사랑은 반드시 보답받는다.

누군가에게 실제적이면서 의미 있는 도움을 건네려면 받는 것이 아니라 주는 것에 시선을 두어야 합니다. 우리가 살아가는 사회에서는 타인에게 도움을 준다는 행위에 대해서 자신의 체력이나 시간, 금전의 일부분을 희생하는 의미로 해석하는 경우가 많습니다. 그렇기에 자신이 풍족함과는 거리가 있다고 생각하는 사람일수록 타인에게 도움을 주는 행위에 대해 회의적인 태도를 품기도 합니다. 그러나 풍족한 삶을 바라는 사람이라면 타인에게 도움을 주는 일과 가까워져야 합니다. 심리학자 에리히 프롬(Erich Fromm)은 타인에게 뭔가를 준다는 행위를 사랑의 영역으로 보기도 하였습니다. 그는 책 <사랑의 기술, The Art of Loving>에서 생산적인 사람들이 뭔가를 주는 행위를 통해서 자신이 살아 있다는 느낌과 능력을 확인하고, 절묘한 기쁨을 느낀다고 이야기합니다. 자신을 통해 타인을 성장시키고, 풍요롭게 만들고, 기쁘게 하고, 불가능했던 것을 가능하도록 만들어가는 것을 바라보는 사람은 엄청난 기쁨을 만끽합니다. 심지어 주는 것에 시선을 둔 사람들은 꼰대가 그토록 바라는 인정과 감사의 표현을 사람들로부터 받습니다.

오늘날의 성공한 크리에이터들과 인플루언서들은 사람들에게 도움을 줄 수 있는 콘텐츠를 기획하여 사람들에게 무료로 제공하라고 입을 모아 조언합니다. 28만 명이 넘는 유튜브 채널 구독자를 보유한 자기계발 크리에이터 드로우앤드류는 과거와 달리 수많은 회사와 거래하고, 출판

사와 계약해서 책을 쓰고, 수많은 감사 메시지와 신뢰를 받을 수 있었던 이유가 자신이 알고 있는 지식을 대가 없이 나누었기 때문이라고도 이야기했습니다.

사랑은 정답을 강요하지 않는다.

에리히 프롬이 말하는 사랑에 관한 또 다른 이야기를 가져오자면 진정한 사랑은 상대방에게 개인적인 기대를 걸지 않습니다. 진정한 사랑이라고 말할 수 있으려면 상대에게 기대 대신 성숙한 관심을 가질 수 있어야 합니다. 자신만의 주관적인 정답을 기대하는 것이 아니라, 상대가 무엇인가에 관심을 가진다는 것 자체에 관심을 가질 수 있어야 하죠. 그래야 언젠가는 자신의 영향에서 벗어나 자신만의 성장을 일궈나가기를 바라는 존중을 발휘할 수 있습니다.

어떤 부모는 말로써 자신의 아이를 끔찍이도 사랑한다고 고백하지만 아이를 애지중지 키우다 못해 자신의 입맛대로 통제해버리기도 합니다. 자신이 자녀에게 바라는 기대의 크기를 사랑의 증거로 포장하려 하지만 정작 자녀가 무엇을 원하는지 알지 못하기도 합니다. 그리고 자신이 사랑이라고 말하는 감정이 상당히 이기적이라는 사실도 알지 못합니다.

누군가에게 의미 있는 도움을 주고, 서로 신뢰를 쌓아가려면 이기심을 제거해야 합니다. 혹시 나는 누군가에게 자신의 정답을 강요하지는 않았나요?

빈 노트에 정직한 대답을 기록해 보세요.

QUESTIONS

Q.44 사람들에게 가르쳐 주고 싶을 만큼 가치를 느끼는 일이 무엇인가요?

Q.45 내가 어릴 때부터 부모님이 끊임없이 강조하는 가르침은 무엇인가요?

Q.46 그 가르침은 여러분의 미래에 도움이 될 것 같나요? 아니면 손해가 되는 믿음인가요?

writer_woody

좋아요 472개

2021년 10월 21일

@writer_woody: [함부로 위로하지 말아요]

믿기 어려울 만큼 슬픈 상상을 하는 사람들이 있다. 자신이 끔찍한 사고를 당하거나 소중한 관계를 끊어버리는 상상.

난잡해 보이는 상상에도 나름의 규칙과 공통점이 있다. 포기라는 규칙과 홀로 남겨지기를 바라는 마음이 공통점이다.

그들에게 섣불리 위로를 건네지 않았으면 한다. 삶을 포기하거나 홀로 남겨지는 상황을 차악으로 생각하는 사람들을 위로하는 것은 너무나 위험하고 어려운 일이다.

그저 함께 슬퍼해주고 스스로 일어나길 바라는 수밖에 없다.

3장

착해도 나답게 사는 법

내면에 존재하는 수많은 어둠과 오해들을 걷어내다 보면 어두운 고민에서도 자연스럽게 멀어지게 된다. 그리고 희망이라는 보다 밝은 부분에 대해 고민할 수 있게 된다. 이전까지는 무엇에 대해 많이 고민했었는가? 그 고민들은 지나치게 어두운 느낌은 아니었는가? 자신을 흔들어 대던 부정적인 감상들을 통제할 수 있게 되었으니, 이제 좀 더 밝은 영역을 통제해보기로 하자. 아, 희망이라는 것은 우리에게 얼마나 용기를 주는가. 희망을 좇는 과정에서 우리의 내면은 더욱 무거운 상황들을 감당할 수 있도록 강인해져 간다. 과거에 나를 흔들어 놓았던 불행들은 어느덧 신경 쓰지 않아도 될 만큼 의미가 옅어져 가고, 자신이 세워놓은 긍정적인 목표가 가지는 의미는 점점 더 선명해져 간다. 어두운 감정에 충분히 대처할 수 있는 능력을 갖추게 되었다면 이제는 자신이 진정으로 원하는 것에 대해서 질문해야 하는 시기가 되었다는 것을 깨달아야 한다.

착해도 휘둘리지는 않습니다만?

사랑하고 일하라. 일하고 사랑하라. 그것이 삶의 전부다.
- 지그문트 프로이트

착한 사람들은 부담스러운 부탁을 받으면 머릿속이 복잡해지곤 합니다. 타인의 부탁을 잘 거절하지 못하는 것은 물론이며 솔직한 마음을 분명하게 전달하는 것에 어려움을 느끼기도 하죠. 심지어 이미 계획해 놓은 결정들이 타인의 시선에 의해 폐기처분되기도 합니다. 착한 성격이 나쁜 것도 아닌데 왜 이렇게 마음이 복잡해야 할까요? 착하게 살아가는 마음에서 자꾸만 불편함이 느껴진다면 자기 자신을 배려하지 못한 채로 타인을 도와주려 하고 있지는 않은지 돌아볼 필요가 있습니다.

타인을 도울 때는 먼저 자신에 대한 배려가 필요하다.

똑같이 타인을 돕더라도 행복한 그림이 그려지는 태도와 그렇지 못한 태도가 존재합니다. 타인을 도우면서 장기적인 행복을 누리려면 먼저 자기 자신을 배려할 수 있어야 하죠.

예컨대 자기 자신을 배려하면서도 타인을 도울 수 있는 사람은 어떤 방식으로 목소리를 내야 사람들의 마음에 절묘한 기쁨이 일어나는지를 아는 가수라고 할 수 있습니다. 또는 사람들이 즐거워할 만한 기능을 예측하는 애플리케이션 개발자라고도 말할 수 있죠. 반면 자신을 배려하지 못하는 방식으로 타인을 돕는 사람은 처음 본 사람에게도 불편한 것이 없는지를 하나하나 물어보는 투 머치 토커입니다. 또는 과거의 저처럼 좋아하는 이성의 마음을 사기 위해서 이것저것 챙겨주려고 하다가 부담까지 줘버리는 순진한 사람이라 할 수 있죠. 타인에게 도움을 주는 상황에 있어 자신을 배려하는 태도와 그러지 못하는 태도 사이에는 어떤 차이가 있는 것 같나요? 바로 도움의 방향과 수준입니다. 자신을 배려할 수 있는 사람은 타인에게 유의미한 도움을 주되 자신이 원하는 영역에서, 자신이 원하는 방식의 도움을 주려고 합니다. 자신을 소중히 여기는 태도 덕분에 자신이 중요하게 여기는 가치가 무엇인지 분명하게 알고 있으며, 그 가치를 실현할 수 있는 지식과 능력을 쌓기 위해 노력하고, 결국에는 보람을 느낄 수 있는 방식으로 사람들을 도와주게 되죠. 반면 자신을 배려하지 못하는 사람은 타인이 원하는 영역에서, 타인이 원하는 방식으로 도움이 되려고 합니다. 어떤 도움을 주고 싶어 하는지를 스스로도 명확하게 알지 못하기 때문에 영향력 없이 휘둘리기가 쉽고, 좋은 일을 하면서도 마음이 무거워지는 일을 자주 경험하게 됩니다. 즉 타인을 돕는 순간에도 자신에 대한 배려와 나름의 기준이 필요한 법입니다.

자신에게 상냥하지 못한 태도는 스스로 자각할 수만 있다면 충분히 극복할 수 있는 태도입니다. 한번은 2016년 JTBC에서 방영된 '말하는 대로'라는 프로그램에서 인상적인 경험담을 들은 적이 있습니다. 자기 자신을 배려하지 못하는 습관을 극복해낸 개그우먼 장도연 씨의 이야기였죠. 장도연 씨는 사람들을 향해 그리고 자신을 향해 언제나 "괜찮아"라는 말을 자주 하는 사람이었습니다. 사실은 괜찮지 않은 순간에도 괜찮다고 말하며 타인만을 배려했던 순간이 굉장히 많았던 것이죠. 그랬던 그녀는 언젠가 한 강연에서 '가장 중요한 관계는 자신과의 관계이다'라는 말을 듣습니다. 착한 이미지를 붙잡느라 솔직한 감정을 표현하지 못하고 불편한 마음을 안은 채로 살아가는 자신과 마주한 순간이었죠.

그녀의 지나친 배려가 낳은 불편함은 자신의 마음을 불편하게 만드는 것에 그치지 않았습니다. 불편함은 그녀의 커리어 부분에서도 일어나고 있었죠. 장도연 씨는 한때 개그맨 양세찬 씨와 한 개그 프로그램 코너에서 2년간 호흡을 맞추었습니다. 그녀는 2년이라는 시간을 마무리 지을 때 즈음 자부심을 느끼고 있었습니다. 자신이 파트너로서 배려심을 잘 발휘한 덕분에 회의를 하면서 단 한 번의 다툼도 없었다고 생각했기 때문이었습니다. 그러나 코너를 마무리 짓는 뒤풀이 자리에서 그녀는 충격을 받았습니다. 양세찬 씨가 고백한 솔직한 감정은 '부담감'이기 때문이었습니다. 자기주장 없이 맞춰주기만 하려는 장도연 씨를 마주하며 코너의 아이디어를 자신이 전부 책임져야 하는 것만 같은 버거움을 느꼈던 것이었습니다.

지나친 배려는 당사자의 주도성을 빼앗아가기도 합니다. 타인을 지나치게 의식하다 보면 당사자의 창의성과 독창성이 쉽게 무너질 수 있는 것이죠. 즉 자신에게 상냥하지 못한 배려는 긍정적인 미래로 이끌어줄 자신의 강점을 스스로 억누르게 만듭니다. 이러한 문제는 자신이 내린 선택을 통해서 불필요한 대가를 치르고 있다는 상황을 자각하고, 불필요한 대가를 더 이상 치르지 않겠다는 결정을 내릴 때부터 해결될 수 있습니다. 장도연 씨처럼 말이죠.

타인을 돕는 방식을 스스로 결정할 수 있어야 한다.

개인적인 소명을 가지는 것은 타인에게 우호적인 태도를 보여주면서도 만만한 사람으로 여겨지지 않을 수 있는 가장 확실한 방법입니다. 소명을 따라가면 목적이 뚜렷한 도움을 주면서도 영향력을 키우는 것이 가능해지기 때문입니다. 소명이란 '세상을 위해서 내가 이런 방향으로 나아가야 할 필요성이 있다'고 느끼는 강력한 끌림입니다. 그렇기에 소명을 가진 사람은 도움을 줄 대상과 도움을 주는 방식을 구체적으로 결정하게 되죠.

혹시 사람들에게 많은 기여를 하는 것에 가장 방해가 되는 마음이 무엇인지 아시나요? 그것은 아이러니하게도 최대한 많은 사람 또는 모든 사람에게 도움이 되겠다는 마음입니다. 모두에게 도움을 주려는 마음은 겉보기에는 좋은 마음가짐처럼 비춰지곤 합니다. 그러나 실제로는 아무에게도 큰 도움을 주지 못하는 결과를 만들게 합니다. 왜냐하면 도움을 주려는 대상이 막연하다는 상황은 아이디어를 명확하게 도출할 수 없다는 문제로 이어지기 때문입니다. 예를 들어볼까요? 그저 '힘든 사람을 돕고 싶다'라는 결심은 여러분이 무엇을 준비해야 하는지 어떻게 알려줄 수 있을까요? 책이라는 방식으로 도움을 주고자 한다면 도대체 어떤 독자의 어떤 문제점을 알려주고, 어떤 해결책을 제시해줄 수 있을까요? 아마도 아주 막연한 이야기가 될 것입니다. 반면에 이런 결심은 어떤가요? '노래가 취미이지만, 유행병 때문에 노래방에 갈 수 없어서 힘들어하는 사람들의 취미 생활을 돕고 싶다' 이런 식의 명확한 결심은 폭발적인 아이디어와 강점을 만들어내는 동시에 조사해야 하는 영역에 대한 명확한 좌표를 제공해줍니다. 홈 레코딩 입문서를 쓴다고 생각해볼까요? 홈 레코딩을 처음 시작할 때 예방해야 할 문제점을 짚을 수도 있고, 음향 장비를 관리하는 법처럼 반드시 알아야 하는 지식도 전할 수 있을 것입니다. 집에서 노래를 부르고 싶다는 니즈를 꼬집을 수 있기 때문에 사람들의 이목을 집중시키기도 비교적 수월하죠. 이처럼 도움을 건넬 범위를 적당히 줄일 때, 역설적이게도 효율적인 방법들과 조사해야 한다고 느끼는 영역은 오히려 늘어나기 시작합니다. 이런 일을 겪는 사람들을 우리는 전문가라고 부르죠. 사람들에게 유의미한 도움을 주기 위해서는 한 분야의 전문가가 되어야 합니다. 어떤 방식으로 돕고 싶은지, 도움을 줄 대상이 누구인지를 좁고 명확하게 정한 뒤 그들만을 위한 도움을 주기로 결심해 보세요. 그것이 소명을 가지는 것, 자신에게도 상냥한 방식으로 타인을 돕는 방법입니다. 그리고 인생을 강력한 존재로서 살아가는 방법이기도 하죠.

타인에게 정말 유의미한 도움을 주려면 이렇듯 선(善)의 결에 변화를 줘야합니다. 그저 무해한 존재, 친절한 태도를 보여주는 존재가 되는 것만으로는 부족합니다. 강한 영향력을 가진 사람이 되어야 사람들에게 줄 수 있는 것이 많아지는 법입니다.

타인에게 긍정적인 변화를 가져다줄 수 있는 능력이 탁월해지면 갑의 위치에서 선하게 행동하는 것도 훨씬 수월해집니다. 왜냐하면 현대문명의 세계관에서는 가치의 주고받음이라는 약속이 보장되어 있기 때문입니다. 가령 고급 맞춤제작 정장이라는 높은 가치의 도움을 제공하면 정장을 제작한 장인은 가치에 걸맞는 수준의 돈을 돌려받게 됩니다. 평범한 샌드위치를 만들어 판다고 하더라도 가치에 걸맞는 돈과 교환하게 되죠. 즉 개인이 제공할 수 있는 가치의 총량은 사회적인 지위와 밀접한 연관이 있습니다. 돈 버는 방법 대해 관심 있는 사람이라면 한 번쯤은 들어봤을 만한 책인 <부의 추월차선, The Millionaire Fastlane>을 집필한 엠제이 드마코(MJ DeMarco)는 사람들에게 많은 가치를 제공할 수 있는 방법이 많은 돈을 버는 방법이라고도 말합니다. 선하면서도 만만한 사람이 되지 않으려면 타인에게 정말 필요한 가치를 줄 수 있는 방법에 대해서 생각해보세요. 잘못된 가정에 대해서 먼저 떠올려볼까요? 엠제이가 사용하는 말의 뉘앙스 빌려 표현해보자면 주변 사람들에게 일일이 친절하게 행동하는 것은 길거리에 작은 진열대를 펴고 지나가는 사람들에게 샌드위치를 파는 것과 같습니다. 큰 가치를 제공할 수도 큰돈을 벌기도 힘든 방법이죠. 만약 샌드위치를 하루에 1만 개 팔 수 있다면 이야기가 달라지겠지만 작은 진열대에서는 일어나기 힘든 일입니다.

자신의 욕구에 정당한 자리를 내어줘야 한다.

남을 돕고 사는 것에 익숙하지만 자꾸 휘둘리는 듯한 기분이 느껴진다면 자신이 가진 욕구에게 정당한 자리부터 내어주어야 합니다. 타인에게 그저 좋은 사람으로 비춰지길 바라는 충동을 끌어내리고 진실하게 원하는 것을 따라가겠다는 결심을 가질 필요가 있죠.

만약 자신을 배려하기로 결정한다면 성격이 착해도 적절하게 거절하는 삶을 살 수 있습니다. 자신을 배려할 줄 아는 사람은 자신에게 주어진 시간도 소중하게 사용할 수 있게 되거든요. 그런 의미에서 '남에게 대접받고자 하는 대로 너희도 남을 대접하라'는 성경의 황금률은 역전시켜 생각해볼 수도 있는 가르침입니다. 타인이 소중하다는 것은 타인만큼 자신 또한 소중하다는 것을 의미합니다. 나 또한 누군가에게는 타인이니까요. 그렇기에 자신의 삶에서 소중한 것이 무엇인지를 깨달은 사람은 타인의 미래에 피해를 주면 안 되는 것처럼 자신의 미래도 피해 입지 않아야 한다는 점을 받아들일 수 있습니다. 불합리한 요청에 대해서는 분명하게 거절을 해야 한다는 것과 무례한 태도를 보이는 사람을 자신으로부터 떼어놓는 것이 매우 합당한 처사이며, 전혀 나쁜 일이 아니라는 사실을 깨닫게 되죠. 원하지 않는 이별이 동반된다고 할지라도 두려워하지 않게 됩니다.

진정 중요한 질문은 '타인이 나를 중요하게 여기고 있는가?'가 아니라, '내가 무엇을 중요하게 여기고 있는가?'입니다. 자신에게 의미 있는 가치를 따라간다면 언젠가 그 가치를 사람들에게 나눠줄 수 있을 만큼 성장하게 되고, 사람들은 곧 그 전문가에게 도움을 구하기 마련입니다. 그때부터는 자신에게 상냥한 사람으로서 타인을 도울 수 있습니다. 자신이 원하는 영역에서 원하는 방식으로 도움을 줄 수 있으니까요.

빈 노트에 정직한 대답을 기록해 보세요.

QUESTIONS

Q.47 타인을 배려하느라 자신을 무시했던 일이 있었나요?

Q.48 내가 소중하게 여기는 가치는 무엇인가요?
무엇을 할 때 즐겁거나 몰입하나요?

Q.49 어떤 식으로 타인에게 도움이 되려고 하고 있나요?

Q.50 자신을 위해서 떠나보내야 하는 사람은 누구인 것 같나요? 생각일 뿐이니까 아무런 죄책감 없이 떠올려보세요.

@writer_woody: [억지로 참기 전문가]

신경 쓰지 않기로 한 감정들을 지나치게 신경 써버리는 탓에 정작 해야 하는 일들에 신경 쓰지 못하는 하루를 어쩌면 좋을까? 그런 식으로 자꾸만 쌓여가는 자책을 어쩌면 좋을까.

지나칠 수 없는 사건 속의 감정들을 돌아봐주자.

가령 최악의 인간이 가까이서 지나치게 부담스럽게 굴고 있다던가, 그럼에도 그걸 혼자서 안고 가고 있다던가, 그 인간들이 가족인 탓이라던가.

여유가 없는 이유를 돌아보기로 한다.
자를 수 있는 것들을 자르기로 한다.
그냥 내 일을 하기로 한다.

상처가 능력으로 바뀌는 기적

> **남들도 나처럼 실수를 저지를 수 있는 사람이라는 사실을 받아들이면, 타인을 훨씬 객관적인 눈으로 바라볼 수 있게 된다.**
>
> **- 앨버트 엘리스**

마음의 상처는 당자사의 선택에 따라 그저 약점으로 남기도 하고 성장의 계기가 되기도 합니다. 상처는 극복되기만 한다면 능력으로 전환되는 기회를 얻죠. 우리는 그 능력을 수용력이라는 이름으로 부릅니다.

사람들 사이에서 수용력이란 상대에게 무한한 믿음을 보내는 모습으로 받아들여지곤 합니다. 그러나 수용력의 진가는 그와는 정반대의 느낌으로 발휘됩니다. 오히려 상대의 말과 행동을 곧이곧대로 믿지도, 받아들이지도 않는 모습으로 발휘되는 것이죠.

마음에 상처가 있는 사람의 말을 믿어서는 안 되는 순간이 있다.

내면의 상처를 스스로 극복한 사람은 상처가 어떤 방식으로, 어떤 형태의 거짓을 만들어내는지를 잘 파악할 수 있게 됩니다. 가령 '나는 너무 멍청해'라는 상처를 가진 사람이 자신의 내면을 충분히 이해하고 치유하게 되면 지난 시간 동안 멍청함을 가리기 위해서 어떻게 행동했었는지 깨닫게 됩니다.

멍청함을 가리기 위한 행동이란 타인 앞에서 모든 것을 아는 척하려고 하거나, 자신보다 뭔가를 잘 모르는 사람을 보면 우월감에 도취되어 상대를 낮잡아 보는 것일 수도 있고, 지식에 지나치게 집착하는 모습일 수도 있습니다. 사람들이 우호적으로 받아들일만한 모습은 아니죠? 어쩌면 주변 사람들이 "저 사람은 원래 밥맛이야"라는 태도로 바라볼지도 모르는 모습들입니다. 그러나 비슷한 상처를 극복한 사람들은 이런 이질적인 행동들을 당사자의 참모습으로 받아들이지 않습니다. 과거의 자신이 그랬던 것처럼 다시 상처입지 않기 위해서 보여주는 방어기제의 모습이라는 것을, 그저 고통을 피하기 위해 내비치는 행동이라는 것을 잘 알고 있기 때문이죠. 즉 상처를 극복한 사람들은 비슷한 상처를 가진 타인과 마주할 때 겉으로 나타나는 태도보다는 기저에 깔린 의도를 바라볼 수 있게 됩니다. 상처를 가리고 싶은 마음 때문에 무리하게 행동하는 사람과 마주치더라도 비난하거나 동요하지 않습니다. 대신 자신도 과거에 상처를 가리고 싶어 했었다는 사실을 기억해내죠.

치유된 상처가 많다는 것은 공감하면서 대화하는 능력이 비약적으로 성장했다는 것을 의미하기도 합니다. 우리는 이 능력을 수용력이라 부릅니다. 심지어 수용력이 잘 훈련되면 상대방이 적대감을 보여주더라도 덤덤하게 대응하는 것이 가능해집니다. 적대감에 휘말리지 않고 상대의 연약한 내면을 존중하며 대화할 수 있기 때문이죠. 설령 대화가 잘 풀리지 않더라도 상관없습니다. 그저 상대방이 자신만의 문제를 안고 있을 뿐이라는 사실을 알고 있기 때문에 타인의 문제를 자신의 문제로 가져오지 않고, 마음에 새로운 스크래치가 나는 일도 줄어들게 됩니다.

어떻게 보면 자신의 상처를 이해한다는 것은 한층 부드러운 삶을 살아가는 비결이라 할 수 있습니다. 자신에 대한 이해심이 상대방을 이해하게 만들어서 불필요한 감정낭비를 하지 않게 되니까요.

정토회의 지도법사인 법륜은 즉문즉설이라는 대화의 장을 열곤 합니다. 질문자가 가진 고민에 대해서 곧바로 대답하는 자리이죠. 한번은 즉문즉설에서 상대를 이해하면 자신의 마음이 편해지고, 상대를 이해하지 못하면 자신의 마음이 불편해진다고 말하며 이해심의 중요성을 강조한 적이 있습니다. 어디까지나 자기 자신을 위해서 상대방을 이해할 필요가 있다는 교훈이 담겨있는 말이었죠. 이런 점에서 상처를 회복하여 얻은 수용력은 상담사처럼 여러 사람을 마주해야 하는 사람에게 엄청난 강점이 되어주기도 합니다. 스스로 해결한 상처가 많을수록 수용할 수 있는 상황과 대화의 범위가 넓어지는 것을 의미하니까요. 자신의 상처를 이해한 사람은 타인의 감정에 휘말리지도 않게 되고, 예민하거나 까다로운 사람을 대하는 일에도 훨씬 능숙해집니다. 특히 타인의 고민을 자주 들어줘야 하는 일을 하는 사람은 거짓말에 대답하지 않는 특별한 대화법을 잘 활용할 수 있습니다. 거짓말에 대답하지 않는 대화가 특별한 이유는 오해와 다툼을 막고 상대방의 진심을 이끌어낼 수 있기 때문입니다.

상처가 많은 사람의 일상을 자세히 들여다보면 거짓말 때문에 가까운 사람과의 관계가 자주 틀어지고 감정이 상하는 경우가 무척 많이 일어나는 것을 보게 됩니다. 물론 당사자도 처음부터 가까운 사람을 속이고 싶어 하는 것은 아닙니다. 다만 숨기고 싶은 상처가 많은 사람은 함께 시간을 보내는 사람을 가끔은 위협적으로 느낄 수도 있다는 점이 문제를 만들어냅니다. 함께 보내는 시간이 많다는 것은 곧 자신의 상처가 노출될 확률도 높다는 것을 의미하기 때문입니다. 그렇기에 상처가 많은 사람은 가깝게 지내는 사람에게도 방어적인 태도를 취하며 거짓말을 하곤 합니다. 이런 이유로 굉장히 애매하고 아이러니한 상황이 펼쳐집니다. 만약 감정을 보여주지 않고 입을 닫아버리는 것 또한 거짓말의 범주에 포함시킬 수 있다고 한다면 가장 가까운 사람을 거짓말로 속여야 하는 경우가 자주 생겨 버리는 것입니다. 이때의 거짓말은 불편한 상황을 모면하려는 목적 때문에 상대방의 입장에서는 상식적으로 이해하기 어려운 핑계처럼 비춰지는 경우가 많습니다. 이때 상대방이 거짓말을 지적하거나 정면으로 응수해버리면 당사자의 상처를 더 벌려버리거나 마음에도 없는 악담을 하게 되어 관계가 악화되곤 합니다.

능숙한 상담사의 상담을 잘 지켜보면 절대 상대방의 거짓말을 파고들려하지 않는다는 것을 알 수 있습니다. 그들이 가진 대화의 무기는 "그렇군요."라는 인정의 마침표를 찍은 뒤 적절한 질문을 던지는 것입니다. 왜 그렇게 행동했었는지 스스로 생각할 수 있도록 기회를 던져주는 것이죠. 신기하게도 인정을 받은 사람의 마음에는 여유가 깃들게 됩니다. 상대방과의 대화가 안전하며 전혀 싸울 필요가 없다고 느끼기에 온전히 자신의 내면을 들여다 볼 수 있게 되는 것이죠. 평안한 마음이 떠올리는 고민은 올바른 생각과 결정을 가져다주기 마련입니다. 적어도 마음이 전쟁통일 때보다는 말이죠.

상처가 있다는 것은 타인의 마음을 이해할 재능이 있다는 것이다.

우리는 모두 다르게 태어납니다. 쌍둥이라 할지라도 타고난 성격은 다르기 마련이기에 스윽 훑어보는 것만으로 상대방의 참모습을 꿰뚫어 보는 사람은 없을 것입니다. 그만큼 우리는 모두 다릅니다. 그럼에도 우리는 무척 닮아있습니다. 두려우면 숨고 싶어 하고, 가리고 싶어 하는 마음의 움직임만은 너무나도 닮아있습니다. 그렇기에 상대방이 자신의 거울과 같다는 격언이 어느 정도는 맞는 말이라고 할 수 있습니다.

상처에는 언제나 양면이 존재합니다. 고통이면서도 성장의 기회가 될 수 있죠. 스스로 억누르고 있는 모습이 상대방에게서 보였을 때 타인마저 억누르려는 실수가 일어날 수 있듯이, 자신의 못난 모습을 받아들이게 되면 타인의 못난 모습도 받아들일 수가 있습니다. 어떻게 보면 상처를 가진 사람이라면 수용력이라는 매력적인 잠재력을 가지고 있다고 말할 수 있습니다. 오해를 지우고 상대를 받아들일 수 있는 그 멋진 능력을 그저 상처로 내버려 둔다면 좀 아깝지 않을까요?

빈 노트에 정직한 대답을 기록해 보세요.

QUESTIONS

Q.51 이해받고 싶은 마음이 있다면 솔직하게 꺼내보세요.

Q.52 상처받을까봐 무엇을 숨기면서 살아왔었나요?

Q.53 어떤 식으로 이해받지 못했었나요?
까마득한 어린 시절까지 떠올려보세요.

Q.54 더 이상 상처를 숨기지 않아도 된다면 어떻게 살아갈 수 있을까요?

남을 바꾸려 들면 조종이 되고

나를 바꾸려 들면 영향이 된다.

산다는 게 이렇게 감사할 일이었나?

우리는 성공한 사람들이 모두 단단한 도토리에서 나왔다고 생각한다. 하지만 그들에게 빛을 준 태양, 뿌리를 내리게 해 준 토양, 그리고 운 좋게 피할 수 있었던 토끼와 벌목꾼에 대해서도 충분히 알고 있는가?

- 말콤 글래드웰

정신적인 스승으로 불리는 종교 지도자나 위대한 철학자는 욕심이 행복을 망쳐버린다는 말을 덧붙이며 이렇게 조언하곤 합니다. “현재에 감사하라” 그래서인지 많은 분들이 작은 것에도 감사하라는 말에 쉽게 동의합니다. 그러나 감사하라는 말에 마음이 설득되고 공감으로 이어지는 것은 무척이나 드문 일입니다. 일상에 감사하며 살아간다는 것이 꽤나 어려운 일이기 때문이죠.

가령 우리는 평소에 마음으로 바라던 일들이 막상 일어나더라도 전혀 기쁘지 않은 순간들을 마주하곤 합니다. 저는 직장에서 동료들과 부딪히는 일이 잦아지고, 심란해진 마음을 가족들조차 알아주지 않을 때 차라리 혼자만의 시간을 보냈으면 좋겠다는 생각을 품곤 했었습니다. 하지만 막상 혼자 보내는 시간을 길게 가져도 감사하다는 생각이 전혀 들지가 않았습니다. 평소에 자신을 괴롭히던 소음에서 벗어나게 되어 잠시 해방감을 만끽할 수는 있었지만 이내 소음 때문에 묻혀있던 외로움이 떠들기 시작했습니다. 고개를 돌려 소소한 행복에서 감사를 느끼려고 노력해봤지만 오래가지 않아 알 수 없는 부자연스러움이 느껴지고 거부감마저 들었습니다. 신물이 날 만큼 괴로운 문제를 덮으려면 점심 식사가 맛있었다는 일보다 더 특별한 이벤트가 일어나야 한다는 것이 저의 솔직한 감상이었으니까요.

우리는 아무런 배경도 없이 무작정 감사하려는 마음을 품으려 들면 안 될 뿐 아니라 그럴 수도 없습니다. 그런 생각을 자신에게 주입시켜야 할 합당한 이유를 찾지 못하기 때문입니다. 그도 그럴 것이 부유하든지 궁핍하든지 간에 누구나 마음속에 '좀 더'라는 단어를 품고 살아가기 때문입니다. 대부분은 자신이 가지지 못한 것과 좀 더 좋은 것을 좀 더 많이 원하기 마련이죠. 그런데 이 '좀 더'라는 소망을 잘 살펴보면 방향이 중구난방인 경우가 많습니다. 무엇이 됐든 간에 대중적으로 인정받거나 주목받는 것을 손에 넣으면 자신도 인정과 주목을 받을 수 있을 것만 같다는 계산을 하게 되거든요.

감사하려면 인생의 기준부터 세워야 한다.

삶의 방향을 명확하게 정한 사람은 감사를 훨씬 수월하게 느낄 수 있습니다. 심지어 삶에서 느껴지는 고통을 상쇄시켜버릴 만큼 농도 짙은 감사를 느끼기도 하죠. 뉴욕타임스에 선정된 베스트셀러 작가이자 다큐

멘터리 감독인 세바스찬 융거(Sebastian Junger)는 이 농도 짙은 감사를 실천하는 사람입니다. 한번은 그가 팀 페리스 쇼라는 유명한 팟캐스트에 초청받았는데, 그 자리에서 그는 삶의 매 순간이 아주 소중하다는 것을 깨닫게 된 경험담을 나눴습니다. 그는 삶에서 감사함을 느끼기 전에 먼저 고통스러운 일들과 마주쳤습니다.

세바스찬은 자신의 책이 뉴욕타임스에 소개될 만큼 유명한 작가이지만 29살 때까지는 미국 매사추세츠에서 나무 관리 전문가로서 일했습니다. 업무는 위험천만했습니다. 키가 높은 나무를 등반하는 모습은 누가 보더라도 아찔할 정도였습니다. 어느 날 그는 톱에 다리가 찢기는 큰 부상을 입게 되면서 한동안 일할 수 없는 몸이 되어버립니다. 하루하루를 생계에 대한 걱정으로 보낼 수도 있었지만 그는 다른 선택을 내리기로 합니다. 세바스찬은 치료를 받으면서 자신이 무엇을 하고 싶어 했는지를 생각하기 시작했습니다. 이내 자신이 글을 쓰고 싶어 했다는 사실을 기억해냈죠. 그리고 자신처럼 위험한 분야에서 일하고 있는 사람들에 대해 글을 써봐야겠다는 결심으로 이어졌습니다. 그리고 그 결심은 폭풍으로 인해서 커다란 배가 바닷속으로 사라져버렸다는 뉴스 소식에 집중하도록 만들었고, 세바스찬은 곧 망망대해 속에서 일하는 사람들의 이야기를 쓰기 시작했습니다. 그 글은 미국에서 지금도 유명한 작품으로 회자되는 <완벽한 폭풍, THE PERFECT STORM>으로 탄생했죠. 출간 이후 세바스찬은 더 이상 나무 관리사가 아니라 작가와 다큐멘터리 감독으로서 활동하며 승승장구하게 됩니다. 어느 날 한 인터뷰에서 그는 지난날을 회자하며 이렇게 이야기했죠. “내 인생에서 가장 좋았던 일은 부상을 당했던 일이다.” 그는 고통스러웠던 기억이 감사하게 느껴질 만큼 작가로서, 감독으로서의 일이 의미 있게 느껴지고, 고통스러웠지만 자신답게 살 수 있게 만들어준 사건에 진심으로 감사하게 된 것이었습니다. 그는 이런 감사한 삶이 언제든지 사라져 버릴 수 있다는 사실도 경험했습니다.

세바스찬은 어느 날 복부에 심한 통증을 느꼈습니다. 단순한 배탈로 여길 수 없는 극심한 고통이었죠. 알고 보니 그는 선천적인 문제로 동맥류를 앓고 있었습니다. 그러나 자신의 몸에 문제가 있다는 사실을 알지 못했던 탓에 오랜 시간 동안 방치하며 병의 몸집을 키워왔던 것이었죠. 상태는 심각했습니다. 고통의 정확한 원인은 동맥의 파열이었고, 뱃속에서는 방대한 양의 출혈이 일어나고 있었습니다. 그는 명백히 죽어가고 있었습니다. 그는 정신을 잃었지만 다행히도 수혈을 받을 수 있었고, 다음 날에는 중환자실의 천장을 바라보며 깨어날 수 있었습니다. 간호사들은 그가 깨어나자 놀라면서 그가 거의 죽을 뻔했었다는 사실을 말해줬습니다. 그때 세바스찬은 애초에 자신의 삶이 매우 불확실했었다는 사실을 깨닫습니다. 이번 사건처럼 자신이 세상에서 한순간에 사라져버릴 수 있는 일은 언제든지 일어날 수 있다는 것을 알게 된 것이었죠. 다르게 말하자면 삶이라는 매력적인 경험에는 제한시간이 설정되어 있는데, 그 제한시간은 언제든지 예고도 없이 토막나 버릴 수도 있다는 것을 의미했습니다. 이 사건 이후 그는 특별한 일 없이 보내는 일상에도 감사할 수 있다는 생각을 할 수 있었습니다.

우리는 감사하는 삶을 위해 어떤 노력을 할 수 있을까요? 바로 자신에게 필요한 것을 스스로 정의하는 것입니다. 저는 주변 사람들에게 종종 "뭘 하면서 살고 싶어요?"라는 질문을 하곤 하는데 그때마다 항상 비슷한 반응이 돌아옵니다. 이런저런 부차적인 설명이 붙지만 결국 결론은 '잘 모르겠다'는 대답이 돌아오죠. 아이러니한 것은 이런 대답을 한 것치고는 그들이 평소에 뭔가를 가지고 싶다는 말과 지금보다 어떤 점이 나아져야 한다는 말을 입에 달고 산다는 점입니다. 그러고 보면 우리는 너무 여러 방향으로만 원하고 있는 것이 아닌가라는 생각을 하곤 합니다. 다르게 말해 삶에서 자신이 정확히 무엇을 원하고 있는지를 잘 모르고 있지만 이를 인식하는 것이 굉장히 어려운 일일 수 있다는 생각이 들었습니다.

물론 우리가 살아가는 세상이 스스로에 대해서 진지하게 고민할 기회를 주지 않는 쪽으로 변해왔다는 점을 무시할 수 없습니다. 뛰어난 사람과 자신을 비교하는 문화나 올바른 삶의 방식이 있다고 여기는 고정관념들이 세상 곳곳에서 우리들의 시선을 끌고 있습니다. 하지만 누구의 탓이 되었든 간에 우리는 세바스찬처럼 스스로에게 기회를 만들어주기 위해 노력할 수 있습니다. 의미 있는 길을 정해보는 방식으로 말이죠. 그러면 신기하게도 그 길이 우리에게 말을 걸기 시작할 것입니다. 이쪽으로 오려면 무엇이 필요한지 알려주겠다면서 말이죠. 가고자 하는 길만 알게 된다면 우리는 그 길을 걷기 위해서 무엇이 얼마나 필요한지를 깨닫게 됩니다. 스스로 알아내기 위해서 움직이니까요. 감사는 그 과정에서 피어납니다. 가령 사진작가가 되려면 사진을 찍는 기술이나 렌즈를 활용하는 방법도 배워야 하고, 장비나 기술을 익히는 데 들어가는 비용도 필요한 법입니다. 그런데 그중에 몇 가지는 이미 가지고 있을 수도 있습니다. 그것은 시간일 수도, 학창시절의 경험일 수도 있고, 물건이거나 옆에 있는 사람일 수도 있죠. 당연하게 여겨졌던 것들이 다행이거나 감사하게 느껴지는 마법과 같은 순간은 그때서야 일어납니다. 여러분의 의지로 얼마든지 기회를 만들어 낼 수 있다는 고양감과 더불어 현재에 대한 감사를 느끼게 되는 것이죠. 상상만으로도 두근거리지 않나요? 아마 그 과정이 너무 즐거운 탓에 기존에 뭔가를 가지고 싶다던 욕망들은 시답잖게 느껴질지도 모릅니다.

현재에 감사하는 태도는 막연하게 취할 수 있는 태도가 아닙니다. 자신이 의미를 느낄 수 있는 길을 선택했을 때 자연스럽게 느껴지는 감정과도 같은 것이죠. 즉 감사할만한 일이 없고 원하는 것만 많은 이유는 삶에서 진지하게 따라가고 있는 의미가 따로 없기 때문입니다. 의미가 생기는 순간부터 우리가 뭔가에 감사하는 일은 농도 짙은 액기스로 변하게 됩니다.

꿈에 아주 작은 보탬이라도 되는 것이라면 감사의 눈길을 보내라.

아침에 일어나자마자 감사 일기를 적어보는 것도 좋은 방법입니다. 우리는 발을 딛고 살아가는 이 지구가 얼마나 잘못되어가고 있는지를 끊임없이 상기시키는 세상을 살아가고 있습니다. 매일 같이 보도되는 사회적인 문제, 환경오염 문제, 미래에 닥칠지도 모르는 재앙들을 경고하는 전문가들의 말을 듣고 있자면 이 세상이 저주라도 받은 것만 같이 느껴지기도 하죠. 하지만 세상에는 어두운 면만 존재하지 않습니다. 하루를 시작하며 자신이 정한 의미에 다가가는 데 도움을 주거나 당장 누릴 수 있는 모든 것을 기록해 보세요.

일어나자마자 큰 노력 없이 따뜻한 샤워를 할 수 있는 것에 감사하는 것은 어떤가요? 과거에는 편안하게 씻으려면 목욕물을 데워주는 사람이 따로 필요했습니다. 영상 플랫폼이 대중화된 것은요? 인류 역사 이래 지금처럼 뭔가를 배우기 쉬운 시기도, 가르치기 쉬운 시대도 없었습니다. 나에게 감정적인 지지를 보내주는 사람에게 고맙다는 편지를 써보는 것은 어떤가요? 그들이 아니었다면 지금의 삶은 꽤나 우울했을 것입니다.

빈 노트에 정직한 대답을 기록해 보세요.

QUESTIONS

Q.55 남들이 중요하게 여기는 것이 아닌 나에게 중요한 가치는 무엇인가요?

Q.56 그 가치를 나의 인생에서 폭넓게 실현하려면 어떤 길을 걸어야 하나요?

Q.57 그 길을 가려면 무엇이(누가) 필요하나요?

Q.58 지금 감사할 수 있는 것이 있다면 그것은 무엇인가요?

자신이 정의한 빛을

좇아가지 않으면

타인이 정의한 어둠에

쫓겨 살게 된다.

아프지 않게 넘어지는 법

뚜렷한 목적의식만 있으면 장애물은 우리가 가야 할 길을 알려주는 존재로 바뀐다.

- 라이언 홀리데이

저는 특전사 소속으로 군 생활을 보냈습니다. 복무 기간 동안 특별한 일을 많이 경험할 수 있었죠. 그중에서도 인상 깊은 기억을 떠올려보라고 한다면 잘 넘어지는 법을 배웠던 일이 가장 먼저 생각납니다. 저는 말 그대로 땅에 처박혀 잘 굴러 넘어지는 연습을 해야만 했습니다. 비행기에서 뛰어내리다 보면 낙하산을 이용하더라도 부상을 입는 일이 종종 발생했던 탓에 안전하게 넘어지는 법을 알아야만 했죠. 넘어지는 법을 배운다는 것은 쉬운 일이 아니었습니다. 흙바닥에서 수백 번을 구르다 보니 몸의 모든 구멍 속으로 흙이 들어왔고, 몸 이곳저곳에 멍이 들었으며, 밥을 잘 챙겨 먹더라도 무서운 속도로 살이 빠졌습니다.

그럼에도 제가 이 경험을 특별하게 여기는 이유는 계획적으로 넘어지면 잘 다치지 않게 된다는 중요한 깨달음을 얻었기 때문입니다. 당시에 훈련을 담당한 교육교관은 이런 말을 했었습니다. "공수훈련 간에 다치는 사람은 대부분 넘어진다는 사실 자체에 강한 거부감을 가지고 있는 사람들입니다. 그러니 넘어지는 것에 순응하는 연습을 하세요!" 그 뒤에도 훈련교관은 비행기에서 뛰어내린 이상 **땅에서 처박혀 넘어진다는 사실이 필연적이니 거부하지 말고 기꺼이 순응하라**는 말을 거듭 강조했습니다. 심지어 최대한 잘 넘어지기 위해서 노력하라고까지 말하더군요. 이미 잃어버린 몸의 중심을 억지로 되찾으려고 애쓰다 보면 몸에 충격이 전해지는 순간에 제대로 된 대처를 할 수 없다는 것이 그 이유였습니다. 교관의 말은 사실이었습니다. 넘어진다는 상황에 저항하지 않는 사람들은 몇 번을 낙하하더라도 잘 다치지 않았습니다. 게다가 능숙하게 착지할 줄 아는 사람들은 오히려 넘어지는 쪽으로 몸을 더욱 기울이기까지 했습니다. 몸을 기울여 넘어지는 각도를 적절히 바꾸면 위에서 아래로 떨어지는 힘을 다른 방향으로 분산시키는 것이 가능했거든요. 재미있는 점은 이러한 순응의 태도가 인생의 넘어짐에 있어서도 안정감을 만들어주는 매력적인 태도라는 것입니다.

진짜 장애물은 항상 내면에 있다.

누구든지 삶을 살아가다 보면 높은 곳에서 추락하는 것만 같은 느낌을 받을 때가 있습니다. 중요한 일에 실패하거나 숨기고 싶은 약점이 부각되는 경험이 그런 순간들입니다. 애석하게도 대부분의 경우는 자신이 위험에 처했다는 느낌을 받으면 머릿속으로 부정적인 미래를 그리는 동시에 마음이 다급해지기 시작합니다. 우리는 이런 다급함을 경계해야 합니다. 높은 곳에서 떨어질 때 넘어지기를 거부하는 사람이 다치기 쉬운 것처럼 최악의 상황을 모면하려는 다급함이 오히려 더 나쁜 결과를 만들어내곤 하니까요.

다급함은 위험에 대한 저항심을 부추길 뿐 더 좋은 방법을 떠올리지 못하도록 방해합니다. 그렇다면 인생에서 넘어지는 상황을 적절히 대처하려면 어떤 노력을 해야 할까요? 잘못된 생각을 거부하는 것부터 시작해보죠. 위협적인 상황을 저항의 대상으로 보지 않는 것입니다. 사람들은 흔히 실패자나 패배자가 되는 것을 꺼립니다. 대부분은 실패를 그저 피해야 하는 장애물이나 리스크 정도로 바라보려 하죠. 실패가 풍기는 느낌이 부정적이기 때문에 자신이 실패할지도 모른다는 미래를 예측한 사람은 자신에게서 풍기는 이미지도 부정적으로 변해버리는 상황을 걱정하곤 합니다.

위협적인 상황은 언제나 기회의 대상으로 바라볼 여지가 있습니다. 가령 실패가 나쁘다는 선입견을 벗어버릴 수만 있으면 실패를 통한 수많은 전략적 옵션들을 바라볼 수 있게 됩니다. 미국의 천재 미디어 전략가로 불리는 라이언 홀리데이(Ryan Holiday)는 그의 저서 <돌파력, THE OBSTACLE IS THE WAY>에서 살아가며 마주치는 수많은 실패나 장애물들이 오히려 혜택이 될 수 있다는 점을 강조합니다. 무언가에 부딪힌다는 사실 자체가 다른 전략을 떠올릴 필요가 있다는 사실을 알려주는 신호이자 힌트이기 때문입니다.

전략적인 사업가나 기업들은 일부러 실패를 의도하거나 기획하기까지도 합니다. 최소기능제품이라는 전략적인 실패작을 예로 들어볼 수 있습니다. 최소기능제품은 최소한의 기능만을 담아 의도적으로 낮은 완성도로 발매한 제품을 의미합니다. 기업으로서는 고객의 만족도에 신경을 써야 하는 것이 당연한데 어째서 일부러 모자란 제품을 선보이는 것일까요? 그 이유는 제품의 경쟁력을 가늠하고 고객의 피드백을 수집하는 것을 목적으로 설정했기 때문입니다. 최소기능제품은 새로 고안해낸 기능이 고객들을 만족시켜줄 수 있는지 시험해보는 차원의 제품인 것이죠. 최소기능제품이 좋은 호응을 얻게 되면 개발자들은 리스크를 신경쓰지 않고 주력 상품개발에 착수할 수 있는 마음의 여유를 얻게 됩니다. 국내에서는 최대 전자 상거래 웹 사이트인 쿠팡이 새로운 서비스를 확대하기 전에 반드시 MVP(Minimum Viable Product)를 만들어보고 결정한다고 밝히기도 했죠. 그중 하나가 쿠팡이츠의 '1주문 1배달'서비스입니다.

문제를 해결하기 위해서는 결국 문제에 뛰어들어야 한다.

내면적인 고통 속에도 엿볼 수 있는 기회가 있기는 마찬가지입니다. 심리학자 칼 융(Carl Gustav Jung)은 'in sterquiliniis invenitur'라는 라틴어에 대해 설명한 적이 있습니다. 해석하자면 당신이 찾고자 하는 것은 오물처럼 전혀 쳐다보고 싶지 않은 곳에서 발견될 것이라는 뜻이죠. 만약 내면적인 고통에서 자유로워지고 싶다면 취미 생활이나 지인의 위로 같은 편안한 시간들이 고통을 해결해 줄 것이라는 기대는 버려야 합니다. 오히려 전혀 인정하고 싶지 않은 자신의 어두운 부분을 탐색하는 불편한 시간들이 명확한 해결책을 제시해줄 확률이 높죠. 칼 융의 또 다른 말을 빌려 말하자면 어떤 문제를 해결하기 위해서는 반드시 그 문제가 무엇인지를 명확하게 알아낼 필요가 있습니다. 자신의 어두운 면에 대해서 냉철하게 이해할 수 있을 때 감정에 휘둘리지 않고 올바르게 행동하는 법을 깨달을 수 있습니다.

반면 자신이 두려움을 느끼고 있는 대상이 무엇인지조차 명확하게 생각할 수 없다면 위험에 처하게 됐다는 생각이 들 때마다 마음이 다급해져서 충동적인 선택을 내리기가 쉬워집니다. 가면증후군(Imposter Syndrome)을 그 예로 들어볼 수 있습니다. 가면증후군을 앓는 사람은 열정의 방향을 통제하기 어려워하는 모습을 보이곤 합니다. 그들은 자신이 타인에게 받아들여지기 힘들 만큼 부족한 점을 가지고 있다고 생각하기 때문에 시간을 들여서라도 타인에게 긍정적으로 비춰질 수 있는 이미지를 단단하게 만듭니다. 즉 자신의 부족한 점이 노출되는 상황이 위험하다고 여긴 나머지 자신이 생각하는 나쁜 모습과는 정 반대편에 있는 존재가 되려고 노력하는 것이죠. 가령 자신을 멍청하게 여기고 있다면 똑똑해 보이려고 애쓴다든지, 자신을 초라한 사람이라고 느낀다면 강렬한 타투나 헤어스타일에 강박적인 끌림을 느끼는 식입니다.

유명 배우 나탈리 포트만 또한 가면증후군을 앓은 사람 중 한 명이었습니다. 그녀는 하버드대학 졸업 연설에서 자신의 마음을 어지럽혔던 과거에 대해 고백했었습니다. 자기 자신을 너무 멍청하게 여긴 탓에 입학 당시에 자신이 하버드에 다닐 자격이 있는지를 의심하였고, 사람들에게 멍청한 이미지로 보이지 않기 위해서 어려운 수업만을 골라서 들었다고 말했죠. 실제로는 6개 국어를 구사할 줄 아는 총명한 사람인데도 말이죠. 심지어 이런 노력들이 그녀의 문제를 해결해주지도 못했습니다.

내면의 문제는 아무도 볼 수 없는 곳으로 묻어버린다고 해서 해결되지 않습니다. 비밀이 많아지는 상황은 장기적으로는 오히려 당사자의 삶을 망쳐버리고 맙니다. 아무한테도 들키고 싶지 않은 무거운 거짓말을 짊어지고 오래 버티는 것은 너무나도 힘든 일이기 때문입니다. 아마 평생을 그렇게 살게 된다면 당사자는 인생의 말미에서 스스로를 사기꾼이나 미친 사람으로 여기고 있을지도 모릅니다. 내면적인 고통을 끊어내고 싶다면 자신이 거부하고 싶은 나쁜 이미지를 모른 척해서는 안 됩니다.

미국에는 '대부분의 가정이 옷장에 해골 한두 구쯤은 숨겨놓고 산다(Most families have one or two skeletons in the closet).'라는 속담이 있습니다. 겉으로는 아무 문제 없어 보이는 사람에게도 말 못 할 비밀이 있다는 뜻이죠. 스스로 나쁘게 여기고 있는 면모를 평생 모른 척하면서 살아간다는 것은 옷장 속에 해골을 평생 숨겨놓고 사는 것과 같습니다. 사람들과 마주할 때마다 옷장 속의 해골을 들킬 수도 있다는 생각에 불안해하고 싶지 않다면 해골의 존재를 인정하고 스스로 해결해야 하죠. 자신의 어두운 면을 깊이 들여다보면 오히려 성장의 기회들과 마주하게 됩니다. 때로는 고통이라는 부정적인 사건이 강력한 목적과 동기부여의 계기로 변모할 수 있기 때문입니다.

저는 DID 마스터로 불리는 송수용 대표에게 한동안 강사수업을 받았습니다. 그는 수업을 진행하기 전에 항상 교훈적인 메시지를 전했는데, 매 수업 때마다 빠뜨리지 않는 메시지가 있었습니다. "내 상처의 크기가 내 사명의 크기다"라는 말이었습니다. 그리고 그는 "여러분에게 상처가 존재하는 이유는 힘들어하며 술에 찌드는 것에 있지 않고, 자신과 똑같은 상처를 가진 사람을 도와주는 것에 있습니다."라는 말을 항상 덧붙였습니다. 저는 이 말에 전적으로 동의하고 있습니다. 삶에서 개인적인 의미를 찾아내는 방법에는 두 가지 방식이 있다고 믿기 때문입니다. 그중 한 방식은 고통을 줄이는 방법을 찾아내는 것입니다. 이 세상에 고통을 겪지 않는 사람은 존재하지 않습니다. 그리고 언제나 나와 비슷한 고통에 시달리는 사람도 있기 마련이죠. 만약 과거에 죽고 싶다고 생각했을 만큼 고통스러운 경험을 여러분이 겪었다면 지금도, 미래에도 비슷한 이유로 괴로워하는 사람이 있다는 뜻입니다. 그렇기에 자신이 겪은 고통을 세상에서 지워버리겠다는 마음을 품을 수만 있다면 당사자의 상처는 원대한 목표를 향한 에너지로 치환되는 기회를 얻습니다.

심지어 상처를 통해 의미를 얻은 사람은 강해질 수밖에 없습니다. 자신의 고통을 덜어줄 수 있는 사명과 능력을 가졌다는 이유 하나만으로 여러분의 존재를 원하는 사람이 생기기 때문입니다. 그때는 무거운 짐이라 할지라도 기꺼이 짊어질 수 있게 됩니다. 사명이라는 짐은 거짓말이라는 짐을 짊어졌을 때와는 달리 영혼이 기쁨으로 가득 차는 것만 같은 충만함을 느끼게 해주기 때문입니다. 영원히 치료되지 않을 것 같은 깊은 상처도 누군가를 지켜야 한다는 의미로 연결될 수 있다는 것이죠. 그러니 우리는 자신의 부족한 점을 보지 않기 위해서 고개를 돌려버려서는 안 됩니다. 오히려 그쪽으로 시선과 관심을 기울여야 합니다. 그곳에 기회가 있고, 사명이 있습니다. 언제나 넘어짐 속에는 세상을 자신만의 색깔로 더 밝고 좋게 만들 수 있다는 무언가가 존재하기 마련입니다.

사람은 두려움이라는 감정에 많은 영향을 받는 동물입니다. 자신을 보호해야 한다는 느낌을 받으면 온몸에 힘이 들어가 경직되고 전략적인 행동보다는 생존을 향한 몸부림을 치기 쉬워지죠. 문제는 사람이라는 동물이 사회적인 성격을 지닌 탓에 사회 속에서의 입지를 생명처럼 귀중하게 여긴다는 점입니다. 어떤 사람은 자존심이 너무 강한 탓에 불명예를 안느니 죽는 것이 낫다고 생각하기도 하죠. 그런 의미에서 우리는 위험하다고 생각하지 않아야 하는 순간마저 위험하게 여기고 있지 않은지를 의심해볼 필요가 있습니다. 자유롭게 실패하고 어두운 면을 끌어안을 수 있을 때 비로소 삶에서 넘어지더라도 아프지 않게 다시 재기할 수 있을 것입니다.

빈 노트에 정직한 대답을 기록해 보세요.

QUESTIONS

Q.59 거부하고 싶은 이미지가 있나요?

Q.60 과거에 버티기 어려웠던 고통을 어떻게 극복했나요?

Q.61 그 경험이 나에게 가르쳐준 사실은 무엇인가요?

Q.62 어떻게 같은 고통을 겪는 사람들을 도와줄 수 있나요?

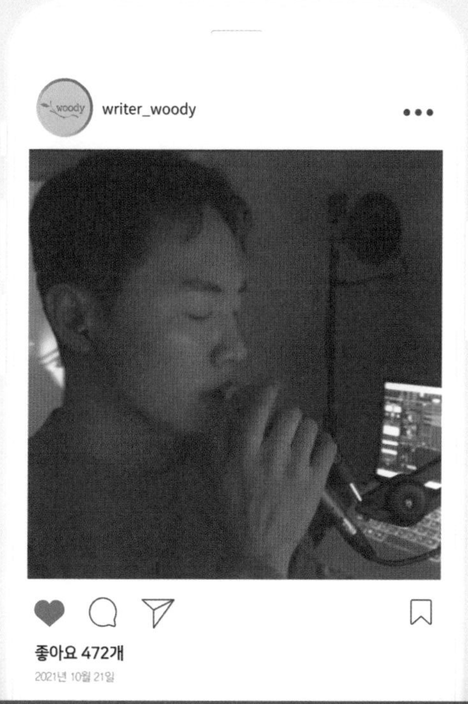

@writer_woody: 가끔씩 저에게 이런 질문을 하시는 분들이 계세요. "작가 계정인데 왜 노래 라이브 방송을 하세요?"

그때 진심을 말씀드려버리면 그냥 툭 던진 가벼운 질문에 너무 무거운 답변을 얹어버릴까봐 "그냥 노래 좋아해서요"라고 말씀드리곤 합니다.

사실 진짜 이유는 제가 두려워하는 일이기 때문입니다. 저는 나중에 많은 청중들 앞에서 강연을 하거나 워크숍을 열어보고 싶습니다. 그런데 어렸을 때부터 청중 앞에 서는 것을 참 두려워했어요. 지금도 이 부분이 참 걸림돌이라 생각합니다.

그래서 두려워하는 상황으로 자신을 몰아넣는 연습을 하고 있습니다.

타인과 자신을 비교하지 않는다.

아니면 그냥 새로운 분야를 개척해도 되고!

- 알렉스 룽구

매사에 협조적인 태도를 보여주고 일관된 성실함을 발휘하며 살아온 사람은 주변 사람으로부터 만족스러운 평가를 받으며 살아갈 확률이 높습니다. 그들은 모범학생이고, 부모님의 말씀을 잘 듣는 효자이며, 가까운 사람들에 대한 지지자들이죠. 그러나 정작 당사자는 자신의 삶을 불만족스럽게 평가할 수 있습니다. 어느 날 꾸준히 쌓아올린 자신의 노력이 배신당한 것만 같은 상황과 마주하기 때문입니다. 가령 우리는 자신보다 훨씬 자유롭고 더 적은 노력을 한 것 같은 사람들이 오히려 더 많은 인정을 받거나 특별해 보이고, 심지어 더 행복해 보이는 경험을 하곤 합니다. 특히 오늘날은 SNS를 통한 소통이 일상화되어 소위 잘나가는 사람들의 이력 자랑을 접할 기회가 과거보다 많아졌습니다.

세상이 제시해준 정답을 향해 열심히 노력해온 사람들은 자신의 삶과 타인의 삶을 비교하고 머릿속으로 어두운 추측을 그려볼 확률이 늘어났습니다. 자신이 인생을 잘못 살아왔을지도 모른다는 추측을 말이죠. 그러나 대부분은 자신의 노력이 배신당했다는 생각을 빨리 지워버리기 위해서 한 가지 아이디어를 받아들이기로 결정합니다. 자신의 삶에서 일어나는 퍼포먼스가 화려하지 않은 이유는 그저 자신이 평범하게 태어난 탓이라 믿어버리기로 결정하는 것이죠. 이런 믿음은 한번 정착된 뒤에 더욱 고착화되고 현실화되는 경향이 있습니다. 자신이 평범하다는 이유로 도전적인 일을 회피하거나 지금 살고 있는 방식으로 더 열심히 살아야 한다고 확신해버리는 것이죠. 이런 상황을 어떻게 표현해야 할까요? 자신의 한계를 한 꺼풀 벗겨내는 성장이 알을 깨고 부화하는 장면에 비유될 수 있다면 평범함을 방패 삼아 의미 있는 도전을 피하는 것은 마치 알 속에 있는 새의 씨앗이 부화하기도 전에 썩어버려서 세상의 빛을 보지 못하는 것과도 같다고 할 수 있습니다.

태어날 때부터 평범한 사람은 없다.

삶에서 나타나는 특별함과 평범함은 미리 정해져 있는 공식에 의해서 결정된다는 오해를 받곤 합니다. 예를 들어 특별한 삶이라는 결과값이 만들어지기 위해서는 재능이나 운처럼 직접 통제할 수 없는 영역의 대입값이 높게 입력돼야 한다고 여겨지는 것이죠. 그렇기에 누군가는 자신의 삶이 내심 특별하게 흘러가기를 바라면서도 어쩔 수 없다는 식으로 평범한 삶을 받아들입니다. 특별한 재능도 없고, 복권에 당첨될 만큼 운이 좋아본 적도 없었던 자신의 삶이 앞으로도 계속 평범할 것이라고 예상하는 것이죠. 그러나 이런 믿음과는 달리 대부분의 평범함은 통제할 수 있는 부분에서 꾸준하게 입력된 대입값에 의해 만들어집니다.

우리는 주변 사람들과 똑같은 선택을 하게 될 때 평범하다는 칭호를 받게 됩니다. 다수가 선택한 길을 가게 될 때마다 우리의 삶은 평범한 쪽으로 조금씩 기울게 되는 것이죠. 대부분은 학교라는 장소에서 시험 성적으로 경주하는 트랙에 놓이게 되면서 처음 평범함을 겪게 됩니다. 학교에서는 어떤 주제에 관심이 있는지, 어떤 분야에 재능이 있는지에 상관없이 모두가 정형화된 주제에 대해서 학습하고 정형화된 목표를 향한 경쟁을 치르게 됩니다. 마치 게임처럼 의도된 규칙 안에서 특별함을 차지하는 사람들은 굉장히 소수입니다. 정해져 있는 답을 가장 잘 찾아낸 학생들만이 특별하게 여겨지죠. 점수를 기준으로 등수가 매겨진 성적표를 본 학생들은 특별함에 대해서 이렇게 오해하곤 합니다. '특별해지기 위해서는 상위권을 차지해야 하는구나!' 이 과정에서 사람들은 특별함을 자신의 독창성보다는 자신이 타인보다 뭔가를 잘하고 있다는 상황에서 찾게 됩니다. 그리고 자신이 발을 딛고 있는 곳이 타인이 과도하게 많이 선택한 평범한 길이 아닌지를 의심하지 못합니다. 오히려 특별해지기 위해서 사람들이 많이 선택하는 길에 스스로 들어서서 최고라는 소수의 위치를 노리는 무모한 경쟁을 시도합니다.

평범하다는 것은 매우 유혹적인 괴로움이다.

스토아 철학자 세네카는 수필을 통해서 평범한 길을 선택하는 것에 대해 이렇게 경고했습니다. "가장 경계해야 할 것은 사람들이 다니고 있는 길로 들어서서 가축 떼처럼 앞서가는 무리를 뒤따라가는 것이다." 그의 말처럼 평범하다는 것은 뒤따르고 싶을 만큼 매우 끌림이 있는 특성입니다. 익숙하다는 사실 자체에 굉장히 많은 장점들이 내포되어 있기 때문입니다. 그 장점들을 압축시키자면 '안전보증'으로 표현됩니다.

가령 결말을 예측할 수 있을 만큼 평범한 여정은 모든 과정과 위험요소에 대한 분석이 끝나 있기에 비교적 안전한 길을 가고 있다는 느낌을 받게 만듭니다. 평범한 사람은 다른 사람들과 공통점을 공유하는 부분이 많아 무리에서 쉽게 받아들여지는 경향이 있습니다. 이미 유행으로 번져 있는 사업 아이템으로 제품이나 서비스를 기획하는 일은 적어도 손해 보지 않을 만큼의 수요가 있을 것이라는 확신 속에서 진행됩니다. 평범함이 가진 장점이 이렇게나 많다면 왜 경고를 받아야 했을까요? 평범하게 만든 결과물은 많은 노력을 기울이더라도 금방 잊혀지기 때문입니다.

라이언 홀리데이는 책 <창작의 블랙홀을 건너는 크리에이터를 위한 안내서, Perennial Seller>에서 빨리 성과를 내고 싶은 기대감이나 인정받고 싶은 마음이 오히려 오랫동안 사랑받을 수 없는 평범한 창작물을 기획하도록 만든다고 설명합니다. 창작의 목적을 개인적인 이득에만 맞추게 되면 창작자는 단기적으로 사람들의 눈길을 끌고, 성공을 보장해줄 콘텐츠를 찾기 때문입니다. 대부분의 창작자는 그때 '트렌드'를 따르기로 결정합니다. 대중에게 널리 인정받고 있는 아이디어를 채택하는 과정에서 창작물은 평범함 속에서 경쟁하는 운명으로 결정되죠. 이런 점에서 대중에게 널리 알려져 있다는 장점은 단점이 되어버리기도 합니다. 트렌드에 올라탄 콘텐츠는 트렌드와 함께 불타올랐다가 함께 잿더미가 되어 망각 속으로 흩어집니다. 심지어 최근에는 트렌드가 식기도 전에 잊히는 일이 빈번해졌습니다. 잘나가는 아이템을 너도 나도 따라하는 탓에 독자적인 이미지를 굳히는 것이 어려워진 것이죠. 결과적으로 지나치게 트렌드에 의존하는 프로젝트들은 더 많은 돈과 시간을 마케팅에 쏟아내야 하는 경쟁 속으로 안내될 확률이 높습니다.

창작물 속에 개인적으로 인정받고자 마음을 넣어버린 사람은 오랜 시간이 지나지 않아 실망감을 맛볼 확률이 높습니다. 언젠가 자신의 창작물보다 훨씬 특별하고 탁월한 창작물이 나타나서 온갖 인정과 영광을 독식하는 듯한 장면을 보여주기 때문입니다. 이때 자신을 평가절하하는 식으로 타인과 비교를 하게 되면 삶의 방향을 흩뜨려 놓을 정도로 극단적인 오해에 빠지기도 합니다. 자신을 부족하게 여기는 탓에 지독한 놈이라는 말을 들을 만큼 스스로를 노력으로 몰아붙이려고 하거나, 어차피 날고 기는 사람들은 이길 수 없기에 아무 노력도 할 필요가 없다고 생각하게 되는 것이죠. 이 두 오해에는 공통적인 시각이 존재합니다. 타인을 이겨야 특별함을 차지할 수 있다는 생각입니다. 이런 식으로 지나치게 경쟁에 뛰어들거나 모든 동기부여를 잃어버리는 상황이 지속되면 삶에서 의미를 찾는 것이 점점 더 어려워집니다. 그렇기에 특별함이라는 단어를 받아들일 때는 탁월성보다 독창성에 비중을 둘 필요가 있습니다.

빈 노트에 정직한 대답을 기록해 보세요.

QUESTIONS

Q.63 나는 특별해지기 위해서 무엇을 해야만 한다고 생각하는가?

Q.64 내가 대부분의 사람들보다 조금 더 잘 할 수 있는 3가지 분야는 무엇인가?

Q.65 3가지 분야를 조합하여 어떤 새로운 분야를 개척할 수 있을까?

평범하다는 이유로 자신을 비하하지 않을 것

사람들에게 잘 보일 필요가 없어졌다.

사람들은 혼자 있으면 외롭다고 생각하지만 나는 그것이 사실이 아니라고 생각한다. 맞지 않는 사람들에게 둘러싸여 있는 것이 세상에서 가장 외로운 일이다.

- 킴 컬버트슨

착한 성격으로 불리는 사람들 중에는 인간관계에서 심한 마음앓이를 겪는 사람이 많습니다. 그들은 타인과 마주할 때 자신이 실수한 것이 없는지, 사람들이 자신을 미워하게 되지는 않을지를 과도하게 걱정합니다. 심한 경우에는 스트레스가 축적되어서 마음의 병을 얻기도 하죠. 그러나 그들은 고통스러워하는 모습을 밖으로 잘 드러내지 않습니다. 우호적인 커뮤니케이션에 능하기 때문에 평소에 보여주는 그들의 표정에서 감정적인 어려움을 읽어내는 것은 무척이나 어려운 일입니다. 심지어 웃는 모습을 보여주는 경우가 많아서 건강한 사람으로 여겨지기도 합니다. 저는 이처럼 아픈 마음을 숨기는 일에 익숙해지는 현상을 '착함병'이라고 부릅니다.

착함병에 걸린 사람들의 삶을 자세히 들여다보면 불편을 감수해서라도 타인을 배려하는 장면을 목격할 수 있습니다. 혼자 식사하게 되어서 슬프다는 누군가의 푸념이 들리면 자신이 식사를 했더라도 '어? 나 아직 밥 못 먹었어요!'라며 함께 식사를 해주기도 하고, 부담스러운 부탁을 받더라도 잘 거절하지 못합니다. 저의 경우에는 수업시간에 볼펜을 잃어버려서 곤란한 사람이 보이면 볼펜을 빌려주고 나서 돌려받지 않으려 했습니다. 제가 볼펜을 주기로 결정하면 새 볼펜을 구매해야 하는 상대방의 불편은 해결되기 때문입니다. 그러고 나서 새 볼펜을 사러가는 일이 무척 많았습니다. 애석한 점은 이런 식으로 불편을 감수하는 행동이 착함병의 증세를 더욱 악화시킨다는 것입니다. 착함병을 앓는 사람의 대부분은 자신이 과도하게 친절하다는 것을 인지하고 있으며 심지어 고통의 원인이라는 사실을 아는 경우도 많습니다. 그러나 그들은 자신의 고통을 오랜 시간 동안 방치합니다. 타인의 시선으로부터 필요 이상의 불안을 느끼고, 사소한 사건에도 연연하는 자신의 모습을 답답해하며 스스로 형편없는 사람이라는 확신을 단단하게 다져갑니다. 마음 속으로 이런 말을 하게 되죠. '나는 왜 이렇게 자신감이 없는 걸까?', '나는 정말 부족한 사람인 것 같아.' 물론 스스로 자신감을 가지고 살고 싶다는 생각을 하지만 혼자서 해결하려는 탓에 마땅한 해결책을 찾지 못하는 경우가 무척 많습니다.

인간관계에서 일어나는 불필요한 패턴

의식성장 조력자 알렉스 룽구(Alex Lungu)의 저서 <의미 있는 삶을 위하여>에는 '오가는 삶'이라는 대목이 등장합니다. 긍정적인 목표를 세운 뒤 행동을 꾸준히 이어나가는 것이 아니라, 방해물처럼 느껴지는 문제에 부딪혔을 때만 반응적으로 행동하는 형태의 삶을 의미하는 것이죠. 착함병을 앓는 사람의 경우에는 오가는 삶의 형태가 그들의 인간관계에서 나타납니다. 그들은 '충동적인 친목'과 '우울한 은둔' 사이를 오가는 방식의 인간관계를 가집니다.

충동적인 친목은 사람들 사이에서 성격 좋은 영웅으로서 활약하는 시기입니다. 주변에 도움이 필요한 사람들을 예민하게 감지하고, 자신이 할 수 있는 선에서 뭐든지 도움을 주려고 하죠. 이상한 점은 그들이 정작 본인의 삶은 잘 돌보지 않는 경우가 많다는 점입니다. 이는 자기 자신을 바라보는 태도에 문제가 있기 때문입니다. 충동적인 친목의 시작은 자기 자신을 형편없는 존재로 바라보는 태도에서 비롯됩니다. 스스로를 긍정적으로 평가하지 못하기 때문에 자신이 괜찮은 사람이라는 확신을 타인으로부터 확인받고 싶어 하는 것이죠. 그들이 자신의 삶을 잘 돌보지 않지만 타인의 삶에는 과도한 관심과 친절을 베푸는 이유가 바로 여기에 있습니다. 그들의 친절에는 타인이 자신을 긍정적으로 여겨줬으면 하는 은밀한 바람이 담겨 있습니다. 그러나 타인으로부터 좋은 평가를 기대하며 충동적으로 친목을 다지는 습관은 당사자가 또 다른 문제를 느끼도록 만듭니다. 감정적으로 금방 지쳐버리는 것이 문제입니다. 사람들 앞에서 가장된 모습을 꾸며내어 보여준다는 것은 감정노동에 견줄 만큼 쉽지 않은 일입니다. 심각한 경우에는 사람들에게 둘러싸여 살더라도 외로움을 느끼기도 하죠. 왜냐하면 자신의 자연스러운 진짜 모습을 보여준 것이 아니라 사람들에게 좋은 기억으로 남을 수 있는 모습만을 꾸며서 보여주었기 때문입니다. 그렇기에 착한 모습만을 연기하며 살아온 사람은 자신과 감정적으로 연결된 사람이 이 세상에는 존재하지 않는다고 느낄 수도 있습니다.

한편 사람들에게서 상상했던 것만큼 좋은 반응을 받지 못하는 상황도 착함병을 앓는 사람에게는 치명적인 고통을 안겨줍니다. 자신의 노력이 보답받지 못했다는 느낌을 받기 때문에 증오감을 가지기도 하죠. 이런 식으로 내면적인 갈등이 깊어지면 당사자는 내면적인 고통을 줄이기 위해서 주변 사람들을 차단해버리기 시작합니다. 연락을 피하거나 집안에 틀어박히는 방법으로 일정 기간 동안 우울한 은둔생활을 보냅니다. 그러다가 사람이 그리워지면 언제 그랬냐는 듯이 다시 충동적인 친목을 이어나가죠. 이런 식으로 인간관계를 이어나가는 습관은 장기적인 불행을 만들어냅니다. 자기 자신에 대한 연민을 중심축으로 감정노동에 가까운 일상과 은둔생활을 오가는 삶이라니, 완전한 비극입니다.

사람들이 주는 애정보다는 진솔한 삶에 목말라야 한다.

착함병이 고통스러운 근본적인 이유는 통제할 수 없는 것에 집착하기 때문입니다. 착함병은 타인의 감정적인 반응이라는 통제 불가능한 영역에 집착하도록 만들어서 반복되는 실패와 괴로움을 얻게 만들죠. 반면 잃어버리는 것은 삶의 통제권입니다. 타인에게 잘 보이는 것에 집중하다보면 자신의 삶에 있어 중요한 부분은 쉽게 무시되고 반면 타인의 의사는 의미가 부풀려집니다. 그렇기에 착함병에서 벗어나고자 한다면 타인에게 과도한 의미를 부여하는 것을 멈추고 삶의 목표를 자신이 통제할 수 있는 부분으로 새롭게 설정해야 합니다. 이 과정을 통해서 자신도 모르는 사이에 놓쳐버린 인생의 주도권을 되찾아올 수 있습니다.

삶의 기준을 새롭게 설정할 때 중요하게 생각해야 하는 부분은 자신의 진솔한 욕구를 반영하는 것입니다. 삶의 기준을 타인에게 맞췄을 때 타인을 위한 일에 지나치게 신경 썼던 것처럼 삶의 기준을 자신의 욕구에 맞추게 된다면 자연스럽게 자신을 위한 일에 시선을 둘 수 있게 됩니다.

자신의 욕구를 반영시킨 기준대로 살다 보면 인간관계의 구성 자체에 큰 변화가 찾아올 것입니다. 자신에게 애정을 줄 수 있는 사람이 아니라 삶의 목표를 이루기 위해서라면 반드시 만나야만 하는 사람들과 교제하게 될 것이기 때문입니다. 자신의 목적을 소중하게 생각하다 보면 목적에 도움이 되는 사람들을 곁에 두고 싶어지고, 그들도 열정적인 여러분을 곁에 두고 싶어 할 것입니다. 이상적인 인간관계라는 것은 이런 모습입니다. 한 사람이 다른 한 사람의 인정을 받아내기 위해서 감정적인 조공을 바치는 것은 전혀 옳지 못한 일입니다.

삶은 사랑을 받기 위해서 노력했을 때보다 타인에게 유의미한 도움을 줄 수 있는 존재가 됐을 때 더욱 아름다워지는 법입니다. 여러분이 세상의 어떤 면을 더 좋게 만들 수 있는지 생각해보세요. 여러분에게 도움을 받을 수 있다고 생각하는 사람은 당신의 매력을 알아봐주고 호감을 가지게 될 것입니다. 기억하세요. 애정은 좇아갈수록 멀어지게 되는 가치입니다.

빈 노트에 정직한 대답을 기록해 보세요.

QUESTIONS

Q.66 나는 자신과 타인 중 누구에게 더 상냥한가?

Q.67 사람들이 나에게 어떤 칭찬을 해줬으면 좋겠다고 상상하는가?

Q.68 타인이 나를 인정해주든 아니든 신경 쓰지 않게 되었다. 내 삶은 어떻게 바뀔 것인가?

그렇게 생각하게 되었다.

타인을 사랑하기 전에

자신을 먼저 사랑하라는 이유는

그러지 않았을 때

타인에게 가지는 미움의 크기가

관심의 크기였던 경우가 많기 때문이라고.

가짜 열정을 내려놓다.

뭔가 자유롭게 표현하기를 원한다면 '나는 무엇을 추구하는가'라는 것보다 오히려 '뭔가를 추구하지 않는 나 자신은 원래 어떤 것인가'를 그려보는 게 좋을지도 모릅니다.

- 무라카미 하루키

독서에 처음 재미를 붙이기 시작했을 무렵에는 주변 사람들에게 독서를 시작했다는 말을 먼저 건네곤 했습니다. 비슷한 공감대를 가진 사람을 찾아서 대화해보고 싶다는 생각이 들었기 때문이었습니다. 하지만 제가 가진 기대감은 자주 좌절됐습니다. 독서를 좋아하는 사람과 마주친다는 것 자체도 행운이었지만 읽은 내용을 나누려고 하는 사람을 만나는 것은 더욱 어려웠기 때문이었습니다. 제가 만났던 사람들은 대부분 자신이 읽은 책을 그다지 좋아하지도 않았고, 감명 깊게 읽은 부분이 있더라도 기억하지 않으려 했습니다.

한번은 독서가 취미인 사람으로부터 책을 고르는 것이 어렵지 않냐는 질문에 받았었는데, "별로 어렵지 않아요, 저는 읽을 책을 정해놓고 서점에 가거든요."라고 대답했었습니다. 지금 생각해보면 '조금은 초심자답지 못한 대답이었나?'라는 생각이 들기도 하지만 결코 무시 받고 싶지 않다거나 잘나 보이고 싶은 마음 때문에 내놓은 대답은 아니었습니다. 당시에는 시간과 돈이 부족한 대학생이었기 때문에 정말 좋은 책만 읽고 싶었거든요. 그래서 개인적으로 존경하는 사람이 명확한 이유를 들며 추천해주는 책만 사서 읽었습니다. 제가 서점에 들러서 이리저리 서성일 필요는 없었던 것이었죠.

상대방은 살짝 놀라는 표정을 지으며 저의 대답이 예상외의 답변이라고 말했습니다. 자발적으로 책을 읽어본 경험이 거의 없는 사람의 경우에는 베스트셀러부터 읽으면서 자신의 취향을 찾아가는 것이 일반적이라면서 말이죠. 저 또한 상대방의 대답에 놀랐습니다. 그저 인기가 많은 책을 골라 읽다 보면 자신에게 필요한 메시지를 얻기 힘들 것 같다는 생각이 들었고, 그런 독서는 무척 괴로울 것 같다는 생각이 들었습니다. '그런 괴로움을 굳이 사서 얻을 필요가 있을까?'라는 의문까지 들었죠.

제가 가진 의문은 한 친구의 부탁을 통해 해소될 수 있었습니다. 몇 개월 뒤 장교 후보생이었던 저는 초임 장교 교육을 받게 되었습니다. 어느 날은 함께 교육을 받는 동기 한 명이 저의 숙소를 찾아와 책을 빌려달라는 부탁을 했습니다. 친구는 책을 읽는 것보다는 운동에 시간을 투자하는 사람이었지만 그날은 어째서인지 제가 가진 책 중에서 좋은 책을 직접 추천해줬으면 좋겠다는 말을 하고 있었습니다. 저는 친구에게 도움이 될 만한 책을 골라주기 위해서 무엇에 관심이 있는지를 물었습니다. 그러자 예상외의 답변이 돌아왔었습니다.

"그런 거 없어, 올해에 책 한 권 정도는 읽는 게 내 목표야." 저는 친구의 대답을 들은 즉시 생각을 바꾸었습니다. 저는 소장하고 있는 책 중에서 가장 얇은 책을 골라 친구에게 건넸습니다. 좋은 책을 추천해주는 것보다는 친구가 괴로워하는 시간을 줄여주는 것이 좋겠다는 생각이 들었기 때문이었죠.

책을 읽고 싶은 이유에 대해서 물었더니 친구는 이렇게 대답했습니다. "나는 독서를 하지 않아서 문제인 것 같아, 사람이 책을 좀 읽어야 하는데 말이야." 그날 친구의 눈에는 어떤 기대감도 보이지 않았습니다. 친구는 책이 필요했었지만 책에서 찾고 싶은 어떤 희망 때문이라기보다는 책을 읽음으로써 자신이 가지고 있는 불쾌한 이미지를 벗고 싶어 하는 듯한 느낌이 더 강하게 느껴졌습니다. 어쩌면 누군가가 친구에게 책을 읽지 않는 점을 지적했던 적이 있었는지도 모르겠습니다. 그날 정확히 어떤 기분이었는지는 친구만 알고 있겠지만 분명한 것은 친구가 가졌던 목표는 그저 책을 읽은 사람이 되는 것이라는 점이었습니다.

어디서 들려오는 소리를 들으며 나아가고 있는가?

그날 제가 친구에게 빌려줬던 책의 이름은 잭 런던(Jack London)이 쓴 소설 <야성의 부름, The Call of the Wild>입니다. 특이하게도 소설에서 등장하는 주인공은 사람들과 살아가던 한 마리의 개입니다. 주인공은 어느 날 문명에서 대자연으로 내몰립니다. 그리고 자연 어딘가에서 자신을 부르는 듯한 소리를 듣게 되죠. 그 소리로부터 강한 열망을 느끼고, 자연 속에서 가장 자신답게 살아가는 방법을 깨닫습니다. 우리는 소설 속에 등장하는 개처럼 사회에 지나치게 묶이게 되면 내면에서 들리는 열망의 소리를 듣지 못합니다. 다수가 끊임없이 강조해대는 가치를 듣다 보면 그 가치가 자신에게도 중요한 것처럼 느껴지고, 삶에서 놓쳐서는 안 되는 것처럼 느껴지기 때문입니다. 주변의 소음이 워낙에 크게 들리는 탓에 내면에서 나오는 소리를 듣지 못하는 것이죠. 이 과정에서 자신이 어떤 분야에 관심이나 의미를 느끼는지 발견하지 못하기도 하고, 발견하더라도 놓쳐버리거나 안전이 보장된 기존의 규칙에서 벗어난다는 두려움 때문에 모른 척해버리고 맙니다. 만약 무언가를 위해 열심히 노력하고 있더라도 삶에서 기쁨이나 만족스러움이 느껴지지 않는다면 자신의 내면에서 들리는 소리보다 외부에서 들리는 소리를 따라 열정을 내고 있지 않은지 의심해 볼 필요가 있습니다.

맥스웰 몰츠(Maxwell Maltz)는 그의 저서 <성공의 법칙, Psycho-Cybernetics>에서 노력을 위한 노력을 내려놓으라고 조언합니다. 진정으로 성공하는 길에 이르기 위해서는 오히려 삶을 가볍게 바라보는 여유가 필요하기 때문입니다. 그는 우리의 내면이 여유를 가질 수 있게 될 때 비로소 낙관적인 태도와 삶에 대한 솔직한 기대감을 되찾을 수 있으며 더 위대한 목표를 향하여 움직일 수 있다고 말합니다.

반면 삶을 무겁게 만들고 여유를 잃어버리게 만드는 것은 주변 사람들이 쏟아내는 기대감에 부응하지 못할 수도 있다는 두려움과 무거운 기대감에 어울리는 삶을 쟁취하려고 쏟아내는 열정입니다. 즉 남부끄럽지 않게 살고 싶은 마음에서 나오는 열정이 자신이 진정으로 무엇을 원하는지도 알지 못하게 할 만큼 여유를 해쳐버릴 수도 있습니다.

'남부끄럽지 않은 삶'이 무겁게 느껴지는 이유는 부끄러움에서 벗어나려는 시도 자체가 보호 또는 도주하려는 시도와 같기 때문입니다. 그렇기에 가짜 열정을 가진 사람은 피나는 노력을 하더라도 자신이 노력하는 이유에 대해서 분명한 설명을 하지 못합니다. 십중팔구는 스스로를 납득시킬 수 있을 만큼 명확한 이유를 따라가는 것이 아니라 무언가로부터 도망치는 식으로 노력했기 때문입니다. 도망에는 굳이 설명을 덧붙일 필요가 없습니다.

한 번쯤은 자신이 가진 열정을 의심해볼 필요가 있습니다. 이런 질문을 하면서 말이죠. '나는 진정 이렇게 행동하기를 원하는가? 아니면 그저 창피한 사람이 되기 싫어서 마지못해 행동하는 것인가?'

빈 노트에 정직한 대답을 기록해 보세요.

QUESTIONS

Q.69 두려움 때문에 붙잡고 있는 것은 무엇인가?

Q.70 스스로 분명하게 설명할 수 있는 열정에 대해서 써보세요.

Q.71 내가 진정으로 원하는 것은 무엇인가?

노력해야 한다고 느끼지만

왜 노력해야 하는지 모른다면

그건 도망치고 있기 때문이다.

도망은 생각하지 않아도

할 수 있기 때문이다.

그러니까 어디론가 가는 것이 아니라

뭔가를 피해 달아나고 있을 때

우리는 노력을 확신하면서도

그 이유를 설명하지 못한다.

책을 마치며

스스로 결정권을 가지세요.

영화 <시리어스 맨, A serious man>에서 등장하는 주인공은 친절하며 도덕적으로 바른 사람이지만 말도 안될 만큼 어지러운 문제들과 계속 맞닥뜨리게 됩니다. 주인공은 종교 지도자 랍비를 찾아가서 자신에게 왜 이런 일이 일어나는지에 대해서 그리고 자신이 앞으로 어떻게 행동하면 좋을지에 대해서 물어봅니다. 그러나 마땅한 답을 듣지 못합니다. 그저 모든 일에 신의 뜻이 담겨있지는 않다는 말만 들을 뿐이죠. 결국 그는 자신이 겪는 문제를 종교적으로만 해석하려 하거나 해답을 다른 곳에서만 찾으려고 하다가 적절한 대처를 하지 못하는 모습을 보여줍니다. 많은 사람들이 이 영화의 주인공처럼 삶에서 일어나는 고민을 타인의 조언이나 많은 사람들에게 인정받는 원칙에 맡기곤 합니다. 주변 사람이나 전문가를 찾아가 자신의 상태를 진단받고자 하고, 마치 다른 사람은 자신이 알지 못하는 좋은 방법을 떠올릴 수도 있다는 희망을 걸죠.

자기 삶의 올바른 선택을 정할 수 있는 사람은 다른 누구도 아닌 자기 자신뿐입니다. 타인은 우리가 무엇을 진정하게 원하는지 아무것도 알지 못합니다. 그렇기에 우리는 삶의 답을 외부가 아닌 내부에서 찾는 연습을 해야만 합니다.

현대의 바쁜 일상은 우리가 나름대로의 답을 찾을 수 있는 기회를 잘 주지 않으려 합니다. 경쟁적인 사회에서 고군분투하다 보면 자신에 대해서 고민하기보다는 눈앞의 걱정거리에 매몰되기 십상입니다. 생산적인 일을 하지 않는 시간에도 마찬가지입니다. SNS, 게임, 영화, 유튜브의 스낵 영상 등의 각종 오락거리들은 걱정거리도 잊어버리게 만들 만큼 자극적인 탓에 몇 시간이고 우리의 시선을 빼앗습니다. 피곤에 지쳐 쓰러지면 아침에 일찍 일어나 식사를 챙기며 하루를 계획하기보다는 일과 중에 졸지 않으려고 몇 분의 잠을 더 선택하기도 합니다. 세상은 시선을 내면보다 외부에 두는 것이 편하도록 변화해왔습니다.

우리는 자기 자신에 대해 고민하는 시간을 따로 마련할 필요가 있습니다. 이 책이 그 연습의 성공적인 시작점이 됐기를 진심으로 바라고 있습니다. 하루를 보내고 난 뒤 순간순간 어떤 느낌을 받았었는지 기록해 보세요. 물론 하루에 일어나는 일을 시간 순서대로 적는 것만으로는 개인적인 힘을 되찾아 오기 어려울 것입니다. 하루의 사건들 자체를 돌아보기보다는 사건 속에서의 감정, 가치관 등을 성찰하며 자신의 내면세계를 탐색해보세요. 그러면 자신의 진정성을 발견하고 그 진정성을 실현시킬 협력자가 바로 자신이라는 느낌을 받게 될 것입니다. 자신을 표현하는 것이 자연스럽고 행복해지기를 진심으로 기원합니다.

QUESTIONS

Q.72 이제 삶에서 무엇을 해야 할 것 같은지 공책 한 장에 자세히 써보세요.

감사의 글

이 책은 2년에 가까운 시간 동안 메시지의 형태와 내용 부분에서 숱한 변화를 겪었습니다. 제가 성장하면서 책도 함께 성장해온 것이죠. 제가 성장할 수 있도록 도움을 준 귀한 만남들은 과분하다고 말할 수밖에 없을 만큼 큰 행운이었다고 생각합니다. 그 귀한 만남에 감사를 표하고 싶습니다.

특히 저를 어머니처럼 보호해주신 조모 이계임께 감사의 말을 전하고 싶습니다. 일생 동안 끊임없이 전해 받은 헌신적인 사랑은 자신이 가치 없다는 믿음을 의심할 수 있도록 든든한 힘이 되어주었습니다. 그 사랑이 없었다면 과거에 겪었던 가혹한 경험들은 깨달음과 나눔으로 이어지지 못하고 그저 쓰라린 고통으로 남았을 것 같습니다. 책이 나오기까지 가장 많은 도움과 지지를 보내준 나의 스승 기적작가 기성준 님께 감사를 전합니다. 그의 권유로 인해 중요한 메시지를 더 가치 있게 나눌 수 있었습니다. 언제나 정서적인 지지를 아끼지 않고 응원해준 고모 장길

녀께 감사를 전합니다. 꾸준히 글을 쓰고 사람들에게 글을 전해주는 방법에 대해서 알려준 나의 친구 형진욱에게 감사합니다. 책이 나올 때까지 항상 사려 깊은 마음으로 도와준 김다혜 편집자님께 감사를 전합니다. 끝으로 항상 글을 찾아봐주시고 소통해주시는 모든 인스타그램 팔로워 분들에게도 감사를 전합니다.

책을 좋아하시는 독자분들을 위해 강박적인 착함을 연구하며 참고했던 단행본들을 정리하여 <착함이 아픔이 되지 않으려면>에 담고 싶었지만 분량이 많은 탓에 그러지 못했습니다. 그래서 그 책의 리스트를 독자분들께서 쉽게 링크로 찾을 수 있게 정리하여 직접 보내드릴 생각입니다. 참고된 책이 정리된 문서를 원하신다면 coachdo@naver.com으로 이메일을 보내주시거나 brunch.co.kr/magazine/immunity을 방문해주시면 장기적으로 책을 추천받는 것이 가능합니다.

writer_woody

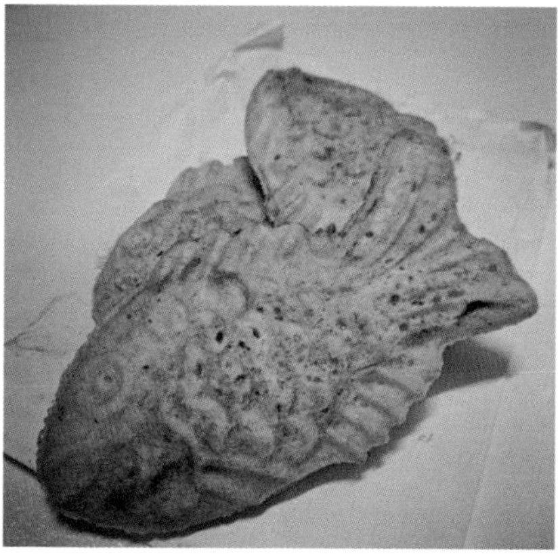

좋아요 472개

2021년 10월 21일

@writer_woody: 내가 알고 있는 붕어빵은 열기가 빠져나가지 못한 탓에 눅눅해진 모습이 전부였다. 할머니가 나에게 주겠다며 품에 안고 온 붕어빵은 하나같이 그랬다.

친구는 답답해하면서 당장 바삭한 붕어빵을 맛보여 주려 했다. 처음 맛본 바삭한 붕어빵은 맛있었다.

그러나 나는 눅눅한 게 더 좋다.
나를 생각하는 할머니의 마음과 빠져나갈 구멍을 잃은 따뜻함은 할머니의 눈가에 항상 눈물방울을 맺히게 만들었다.
그때의 따뜻함이 싫지가 않다.

저자 소개

우디
내면 성장 코치

코칭 전문가로서 개인 코칭과 저술 활동을 하고 있다. 자신의 내면을 이해하는 것을 통해 현대 사회에서 자주 겪을 수 있는 막연한 우울함이나 불만족스러움을 극복할 수 있다고 바라보고 있으며, 사람들에게 개인의 잠재력을 발휘할 수 있는 기회를 제공하는 것에 인생의 의미를 두고 있다.

저자는 어린 시절 겪은 어두운 사건들과 폭력적인 아버지의 억압으로부터 마음속 깊은 상처를 짊어졌던 사람. 20대 초반에는 상처받은 마음을 지닌 채 억지로 사회생활을 이어가다 공황발작 판정을 받았다. 아무리 노력해도 행복해지지 않는 자신을 보며 의문에 빠졌었다. '주변 사람들과 살아가는 모습이 크게 다르지도 않은 것 같은데, 유독 나만 이렇게 힘들어하는 걸까?' 이 질문에 대한 답을 찾기 위해서 자기 계발서, 심리학, 과학, 철학, 서적을 섭렵하고 심리를 다루는 전문 코치들의 워크숍과 강연을 찾아가 자기 자신과의 건설적인 관계를 설정하며 스스로에게 코치가 되어주는 셀프 코칭을 익혔다. KAC 한국코칭협회 인증코치로 활동하고 있다.

내면의 깨달음을 기록하기 위한 목적으로 만든 인스타그램 계정을 통해 4천여 명의 팔로워와 소통하며, 부정적인 감정을 극복하고, 자신만의 의미 있는 삶을 살아가는 법에 대한 영감을 나누고 있다.

메일 coachdo@naver.com
인스타그램 https://www.instagram.com/writer_woody/

착함이 아픔이 되지 않으려면 - 나를 깨닫는 72가지 질문 -

초판발행 2022년 4월 25일

지은이 우 디
펴낸이 노 현

편 집 김다혜
기획/마케팅 조정빈
표지디자인 Ben story
제 작 고철민·조영환

펴낸곳 ㈜ 피와이메이트
서울특별시 금천구 가산디지털2로 53 한라시그마밸리 210호(가산동)
등록 2014. 2. 12. 제2018-000080호
전 화 02)733-6771
f a x 02)736-4818
e-mail pys@pybook.co.kr
homepage www.pybook.co.kr
ISBN 979-11-6519-270-9 03810

정 가 12,000원

박영스토리는 박영사와 함께하는 브랜드입니다.